KB183968

나보다 불행한 아이

나보다 불행한 아이

제1판 제1쇄   2024년 11월 27일

지은이   유니게
펴낸이   이광호
주간   이근혜
편집   박지현
마케팅   이가은 최지애 허황 남미리 맹정현
제작   강병석
펴낸곳   ㈜문학과지성사
등록번호   제1993-000098호
주소   04034 서울 마포구 잔다리로7길 18 (서교동 377-20)
전화   02) 338-7224
팩스   02) 323-4180(편집)   02) 338-7221(영업)
대표메일   moonji@moonji.com
저작권 문의   copyright@moonji.com
홈페이지   www.moonji.com

© 유니게, 2024. Printed in Seoul, Korea.

ISBN 978-89-320-4343-2 43810

나보다 불행한 아이

유니게 장편소설

문학과지성사

차례

1장

있을 수 없는 일이
일어날 때가 있다

1. 찬

찬은 심장이 쿵 내려앉았다. 설마, 아니겠지. 그럴 리가 없어,라고 되뇌면서도 저도 모르게 뒷걸음쳐 달아나고 있었다.

정말 그 애일까?

호기심이 다시 찬을 붙들었다. 찬은 커다란 은행나무 뒤에 숨어 여자애가 있던 방향으로 시선을 돌렸다.

여자애가 서 있던 자리는 아무 일도 없다는 듯 텅 비어 있었다. 홀로 남은 바람만이 심술을 부리듯 뿌연 흙먼지를 일으켰다.

어디로 갔을까? 잘못 본 것일까?

마치 유령이라도 본 기분이었다. 휴, 한숨이 빠져나간 자리에 알 수 없는 공허감이 남았다.

성찬, 도대체 무슨 기대를 한 거야?

찬은 자책하듯 혼잣말을 내뱉으며 돌아섰다. 버스 정류장까지

터벅터벅, 100걸음쯤 걸었을까? 찬은 다시 생각에 사로잡혔다.

갑자기 왜 그 애가 떠올랐을까. 이미 1년 넘게 시간이 지났는데, 왜?

처음 몇 달은 수시로 찾아드는 그 애에 대한 기억 때문에 몹시 고통스러웠다. 그러곤 점점 멀어지는 것 같아 안도할 즈음, 불시에 나타나 찬을 괴롭혔다. 그러다가 영영 사라졌다. 그래서 기억 속에서 완전히 지워졌다고 생각했다.

그런데 지금 그 애에 대한 상상만으로도 찬은 다시 숨이 막혀왔다. 그 애가 사라졌던 그때처럼 소년의 마음에 여러 겹 파동이 일었다. 그 파동을 타고 수많은 감정이 뒤엉켜 있던 침전물처럼 부스스 일어났다. 불안, 원망, 분노, 미움, 의문…… 그리고 이름을 알 수 없는 야릇한 감정까지.

만약 그 애를 다시 만난다면 무슨 말을 해야 할까?

거기까지 생각이 닿았을 때, 찬의 앞에 놓인 하얀 운동화가 눈에 들어왔다.

"땅만 보고 걷는 버릇은 여전하구나?"

찬은 발 앞에 놓인 하얀 운동화에서 눈을 떼지 못한 채 그대로 얼어붙었다.

"도대체 어떤 걸음으로 걸어오면 그 정도 거리를 이제야 도착할 수 있는 거냐?"

저 당당하고 도도한 목소리.

갑자기 과거가 현재를 침범해버렸다. 어지러움을 느낀 찬은 눈을 질끈 감았다. 침을 한번 꼴깍 삼키고 용기를 내어 조심스럽게 고개를 들었다. 짙은 청바지에 하얀 티셔츠, 그 위에 보라색 스웨터, 그때나 지금이나 가늘고 긴 목, 동그랗고 하얀 얼굴, 가지런히 빗어서 귀 뒤로 넘긴 긴 머리카락.

달라진 게 있다면 늘 도도하게 치켜들고 있던 턱이 웬일인지 내려와 있다는 것. 새침하기만 했던 표정 대신 미소를 짓고 있다는 것. 어쩌면 그 미소는 호의적으로 읽힐 수도 있어서 더 낯설고 멀게 느껴진다는 것.

맞았다. 그 애. 윤달아.

그 애가 나타난 것이다. 찬이 본 것은 유령이 아니었다. 그사이 키가 훌쩍 커서는, 성찬 너 정도 아이에게는 기별 같은 예의는 차리지 않아도 된다는 듯, 아무 예고도 없이 불시에 나타난 것이다.

여전히 사람을 놀래주는 건 선수군.

찬은 턱밑까지 차오른 말을 간신히 삼켰다.

태양이 아직 뜨겁게 정수리를 달구는 9월의 오후, 두 아이 사이에 팽팽한 긴장감이 돌았다. 찬은 달아의 시선을 받는 것이 부담스러웠다. 하지만 이번에는 밀리고 싶지 않았다. 눈싸움이라도 하듯 눈에 힘을 준 채, 찬은 생글거리는 달아의 두 눈을 노려보았다. 차마 인사를 건넬 용기는 나지 않았다.

"어, 저기 버스 온다."

때마침 구원처럼 518번 버스가 왔고 달아의 시선이, 뒤이어 하얀 운동화가 버스를 향해 달려갔다.

달아가 올라탄 버스가 멀어져가는 것을 찬은 멍하니 바라보았다. 긴장이 풀리면서 온몸의 힘이 쭉 빠져나갔다. 찬은 버스 정류장 벤치에 털썩 주저앉았다. 다음 518번 버스는 15분 후에나 도착할 것이다.

찬은 꿈을 꾸고 있는 듯한 기분이 들었다. 찬을 둘러싼 세상이 갑자기 낯설어졌다.

2. 달아

언젠가 한 번쯤 찬을 다시 만날 수 있을지도 모른다고 생각했다. 아니, 한 번은 꼭 만나고 싶었다. 그 막연한 바람이 정말로 이루어질 줄은 몰랐다.

버스 맨 뒷자리에 앉아 달아는 후면 창을 통해 밖을 내다보았다. 차갑게 노려볼 때는 언제고, 찬은 우두커니 서서 달아가 탄 버스를 바라보고 있었다.

한눈에 알아볼 만큼 찬은 많이 변하지 않았다. 왜소한 체구도, 구부정한 자세도, 땅만 보고 걷는 습관도 그대로였다. 무엇보다 '세상 짐을 다 지고 가는 어린 양' 같은 찬 특유의 표정도 여전했다.

달아에 대한 원망도 그대로일까?

달아는 찬이 자신을 피해 은행나무 뒤에 숨은 것을 알고 있었다. 모른 척 지나칠까 생각하기도 했지만, 어차피 언젠가는 마주칠 수

밖에 없었다.

두 주 전에 3반에 전학 온 남학생이 찬이라는 것을 우연히 알게 되었다. 급식실에서 식판을 들고 선 찬을 발견하기도 했고, 쉬는 시간에 혼자 자리에 앉아 문제집을 풀고 있는 모습도 창문 너머로 슬쩍 보았다. 하지만 용기가 나지 않기는 달아도 마찬가지였다. 학교에서 찬을 발견한 후, 달아는 매일 밤 거울을 보며 연습했다.

"안녕? 나 기억하지? 설마 벌써 이 윤달아 님을 잊은 건 아니겠지?"

두 사람 사이에 아무 일도 없었다면 달아는 이렇게, 이토록 경쾌하게 말을 건넬 수 있었을 것이다.

하지만…… 달아는 땅이 꺼질 듯 한숨을 푹 내쉬었다.

"네가 나를 미워하는 건 알겠는데, 그냥 나를 좀 용서해줄 수는 없겠니?"

그렇다고 이렇게 다짜고짜 속마음을 털어놓을 수도 없다.

달아는 할머니가 물려준, 고대 그리스를 떠올리게 하는 문양들이 테두리를 장식하고 있는 오래된 전신 거울 앞에 섰다.

찬의 눈에 나는 어떻게 보였을까? 많이 변했을까?

거울 앞에 비친 달아의 모습은 스스로가 보기에도 많이 변했다. 키는 적어도 8센티는 컸고, 가슴도 봉긋해졌으며, 얼굴도 어딘가 좀 달라졌다. 하지만 찬은 달아를 한눈에 알아본 표정이었다. 달아가 한 일도 잊지 않은 게 분명했다. 그토록 차가운 찬의 표정을 달아는 처음 보았다. 겉모습은 크게 변하지 않았지만, 찬은 분명

다른 아이가 되어 있었다. 적어도 달아를 대하던 태도에서만큼은.

"누나, 할머니가 분리수거하래."

유지의 목소리에 달아는 다시 현실로 돌아왔다.

방문을 열고 나오니 유지가 능숙한 솜씨로 빨래를 개고 있었다. 양말 짝을 야무지게 맞추고, 수건을 얼마나 반듯하게 접는지 할머니의 감탄이 그칠 날이 없었다.

"저토록 빨래를 잘 개는 유치원생은 세상에 우리 유지밖에 없을 거다."

반면 할머니는 여전히 서툰 솜씨로 감자를 채 써느라 고전 중이었다. 아마도 오늘은 짜거나 싱겁거나 둘 중 하나인 감자채볶음을 먹게 될 모양이었다. 가스레인지 위에선 고추장찌개인지 된장찌개인지 구분이 모호한 액체가 보글보글 끓고 있었다.

"평생을 해도 도무지 살림은 익숙해지지가 않아."

음식을 만들 때마다 할머니는 입버릇처럼 말했다. 하지만 그건 사실이 아니다. 할머니는 이전에 집안일을 거의 하지 않았으니까.

할머니의 인생은 달아와 유지가 이 집에 들어온 날을 기점으로 완전히 달라져버렸다. 할머니는 본래 저렇게 흰머리가 듬성듬성 난 머리를 질끈 묶고 있는 사람이 아니었다. 손을 베지 않고 감자채를 썰어보겠다고 돋보기를 쓰는 사람도 아니었다. 저녁 메뉴를 찾느라 유튜브를 뒤지는 사람도 아니었다. 저렇게 촌스러운 빨간 꽃무늬 티셔츠가 활기를 불어넣어준다며 정식 매장도 아닌 노상에서 몇 개씩 골라 사는 사람도 아니었다.

밤이면 할머니는 녹초가 된 몸을 이끌고 소파에 누워 TV를 켰다. 드라마 한 편도 끝까지 못 보고 꾸벅꾸벅 졸던 할머니는 다음 날 아침 6시 30분에 정확히 알람이 울리면 벌떡 일어나 부랴부랴 아침 식사를 준비했다.

"허 참. 이 나이에 팔자에도 없는……"

잠결에 달아는 할머니의 구시렁구시렁 소리를 듣곤 했다.

습관처럼 푸념을 내뱉으면서도 한 번도 아침 식사를 빼먹고 등교시키는 일이 없었다. 그건 엄마와 사는 동안에는 경험하기 힘든 일이었다.

"누나, 정신 차리고 제대로 해. 저번처럼 빠뜨리지 말고."

유지는 할머니를 대신해 잔소리했다.

감자채를 써는 할머니의 입꼬리가 살며시 올라갔다.

달아는 유지에게 눈을 흘기고는 재활용 쓰레기들을 바구니에 담았다. 그러면서 다시 찬에 대한 생각으로 흘러갔다.

찬은 어떻게 여기로 오게 되었을까?

찬을 다시 만나다니, 이건 우연일까? 아니면 무슨 의미라도 있는 걸까?

아까 찬은 정말로 도망치려고 했던 걸까? 하지만 왜? 잘못한 사람은 찬이 아닌데……

분리수거 바구니가 가득 차서인지, 가슴속에 묵직이 내려앉은 찬의 무게 때문인지 달아는 발걸음이 무겁게 느껴졌다.

3. 찬

"이제 오니?"

엄마가 현관문을 열고 들어오는 찬을 돌아보며 활짝 웃었다.

찬은 대답 대신 고개를 끄덕였다.

"학교는 어땠어?"

"그냥 괜찮아요. 학교가 다 똑같죠, 뭐."

찬은 심드렁하게 대답하며 집 안을 둘러보았다.

"아빠는요?"

"지금 형이랑 사업 구상하느라 정신이 없으시다."

엄마가 형의 방을 턱으로 가리키며 흐뭇한 미소를 지었다.

때마침 호탕한 웃음소리가 흘러나왔다. 아빠의 웃음과 형의 웃음이 뒤섞여 있었다. 두 사람은 목소리도, 웃음소리도 닮았다. 사실 생김새도 닮았다. 결국 성격도 취향도 닮았던 것일까? 찬의 가습속으로 서늘한 바람이 일었다.

"들어가서 인사 안 하고?"

방으로 곧장 들어가는 찬에게 엄마가 말했다.

"바쁘시다면서요, 나중에요."

찬은 퉁명스럽게 말하고는 방문을 탁 닫아버렸다. 그러나 이내 후회되었다.

엄마가 내 마음을 눈치챘으면 어떡하지?

찬은 요즘 아빠와 형 때문에 마음이 복잡했다. 부쩍 친해진 두 사람 사이에서 소외감을 느낀 적이 한두 번이 아니었다.

결국 핏줄이란 어쩔 수 없는 것일까? 아무리, 아무리 공을 들여도 핏줄의 한계는 넘을 수 없는 것일까?

찬은 있는 힘껏 주먹으로 책상을 내려치고 싶었다. 가족 중에 혼자만 쓰고 있는 검은 뿔테 안경을 내던지고 발로 짓밟아 산산이 부숴버리고 싶었다. 하다못해 빼곡히 글자가 적힌 노트를 박박 찢어버리고, 책상 위를 뒹구는 연필이라도 분질러버리고 싶었다.

하지만 하나도 하지 못했다. 찬은 늘 아무것도 하지 못했다. 달아가 자신을 공격했을 때도 찬은 아무 방어도 하지 못했다. 그날 이후 찬에게 이제껏 한 번도 겪어보지 못한 시련이 몰아쳤는데도 오늘 달아에게 소리조차 지르지 못했다. 달아가 먼저 다가오지 않았다면, 찬은 가슴 졸이며 언제까지나 달아를 피해 숨어 다녔을지도 모른다.

찬은 명치끝을 조여오는 통증을 느꼈다. 자신처럼 비겁한 놈에게 주어지는 형벌 같았다.

"찬아, 엄마 좀 들어갈게."

방문 밖에서 들리는 엄마의 목소리에 찬은 고개를 흔들며 상념을 털어버렸다.

엄마의 손에는 우유 한 잔과 만두 한 접시가 들려 있었다. 엄마는 어려서부터 찬에게 부단히 우유를 내왔다. 그때마다 찬은 군말 없이 우유를 마셨다. 형이 탄산음료를 마실 때도 찬은 우유를 마셨다. 엄마와 찬의 목적은 똑같았다. 아빠와 형처럼 키가 크고 덩치도 큰 남자로 자라나는 것.

하지만 언젠가부터 찬은 그런 일은 이루어지지 않을 거라고 생각했다. 이번에도 핏줄이 문제였다. 형은 처음부터 또래들보다 머리 하나는 더 컸다. 형은 왜 뭐든지 이토록 쉬운 것일까? 도대체 무슨 자격으로 찬이 죽을힘을 다해 노력해서 얻으려고 하는 것을 거저 얻을 수 있는 것일까?

"찬아, 이거 한번 먹어봐. 딤섬이라는 건데 만두랑 비슷한 듯 다르지? 요 만두피 속에 달콤한 육즙이 가득하단다. 형이 요즘 딤섬 개발에 아주 공을 들이는 모양이더구나."

찬의 마음도 모르고 엄마는 형 이야기를 꺼냈다.

"속이 안 좋아요. 나중에 먹을게요."

찬은 부아가 치미는 것을 간신히 억누르며 말했다.

"점심 먹은 게 소화가 안 됐나?"

엄마가 찬의 손을 덥석 잡고는 엄지와 검지 사이, 오목한 부분을 꾹꾹 눌렀다. 엄마의 손에서 온기가 전해지자, 찬은 괜히 서러운 마음이 들어 울컥했다. 찬은 자신의 마음을 들킬까 봐 화제를 돌렸다.

"오늘 학교에서 윤달아를 봤어요."

"윤달아?"

엄마는 눈을 가늘게 뜨고 기억을 더듬었다.

"동생이랑 둘만 교회에 나왔던 애요."

"아, 이제 기억난다. 달아, 참 예쁜 이름이라고 생각했었지. 근데 갑자기 이사 갔다고 하더니 이 동네에 살고 있었대?"

찬은 고개를 끄덕였다.

"이 먼 데서 고향 사람을 만나다니 이런 우연이 있나. 너무 반갑다. 언제 한번 초대하지 그러니?"

"그럴 일은 없을 거예요."

찬이 딱딱하게 말했다.

"아들, 사춘기라고 내외하는 거야? 요즘 우리 찬이 좀 변했어. 아무래도 사춘기가 맞는 것 같아."

엄마가 찬의 머리카락을 흐트러뜨리며 깔깔 웃었다.

엄마식 친밀감의 표시라는 것을 알면서도 찬은 따라 웃지 않았다. 오늘은 좀 삐딱해지고 싶었다. 윤달아도, 형도, 아빠도 마음에 들지 않았다. 그들에게 표현할 수 없는 것을 애꿎은 엄마에게 드러내고 있는 자신이 비겁하게 느껴졌다.

"너무 길게 하진 마라, 사춘기. 곧 엄마의 갱년기가 시작될 예정

20

이니까."

엄마가 우유와 만두가 담긴 쟁반을 책상 위에 그대로 두고 나가며 말했다.

사춘기라고? 엄마가 뭘 알아.

찬은 다시 무언가를 내팽개치고 깨부수고 싶은 강렬한 욕구를 느꼈다. 마침 형이 개발했다는 새로운 만두가 눈에 들어왔다. 접시째 들고 저 하얀 벽 위로 던져버릴 수만 있다면…… 그러나 찬은 섣불리 행동할 수 없었다.

찬은 한순간도 자신의 위치를 잊은 적이 없었다.

2장

행복은 열린 문 사이로
새처럼 날아가버렸다

4. 달아

찬을 만나기 전, 달아는 자신이 세상에서 제일 불행한 아이라고 생각했다. 태어나보니 아빠의 이름도 얼굴도 모르는, 미혼모의 딸이었다. 엄마는 어린 달아를 옆집 아줌마에게 맡기고 아침부터 늦은 밤까지 돈을 벌러 다녔다.

달아가 여덟 살 때 엄마는 새아빠를 만났다. 엄마가 새아빠와 사랑에 빠졌을 때, 달아는 이제부터는 엄마가 밤늦게까지 파김치가 되도록 일하지 않아도 된다는 기대에 날아갈 듯이 기뻤다. 다른 엄마들처럼 엄마도 달아의 옆에 있어 주길 바랐다. 어쩌면 엄마를 빼앗기게 될지도 모른다는 염려 따윈 추호도 없었다.

처음엔 그랬다. 새아빠가 돈을 벌러 나간 동안 엄마는 집 안을 아늑하게 꾸미고, 음식을 만들고, 학교에서 돌아오는 달아를 기다렸다. 새아빠가 생일 선물로 사 준 재봉틀로 하늘하늘한 커튼을 만들어 달고, 남은 천으로 달아의 원피스를 만들어주었다. 엄마의 로망대로 딸과 똑같은 원피스를 입고, 남편의 퇴근 시간에 맞춰 버스 정류장까지 마중을 나가기도 했다. 새아빠는 엄마에게도 달아에게도 친절했다. 집으로 돌아오는 길에 편의점에 들러 달아에게 초콜릿을 사 주곤 했다.

이따금 달아는 이 기간이 꿈을 꾼 순간처럼 느껴졌다. 행복은 왜 그토록 짧았던 걸까.

이듬해 겨울에 남동생 유지가 태어났다. 신기하게도 유지가 가장 많이 닮은 사람은 엄마도, 새아빠도 아닌 달아였다. 그래서였을까? 유지가 가장 잘 따른 사람도, 유지를 가장 많이 돌본 사람도 달아였다.

유지를 낳은 후 엄마는 극심한 불안과 우울에 시달렸다. 엄마는 새아빠가 자신과 아이들을 버리고 도망갈까 봐 두려워했다. 그래서 새아빠를 의심하고 감시했다. 어디를 다녀왔냐며 꼬치꼬치 캐묻고 화를 내고 싸움을 걸었다.

달아는 갑자기 날카롭고 사나워진 엄마를 이해할 수 없었다. 그러면서도 유지의 묵직해진 기저귀를 갈고, 싱크대에 쌓여 있는 우유병을 씻고, 시시때때로 울음을 터트리는 유지를 안고 달랬다.

그러면서 생각했다. 지금은 허허, 웃고 있는 새아빠가 지쳐버리면 어떡하지? 엄마 말대로 새아빠가 정말 우리를 떠나버리면 어떡하지? 엄마가 유지를 옆집 아줌마에게 맡기고 또 일을 나가게 되는 건 아닐까? 그러면 유지도 아빠의 얼굴을 모르는 아이로 자라게 되는 걸까?

슬픈 예감은 틀리지 않는다는 말은 맞았다. 엄마와 새아빠의 사이는 회복되지 못했다. 새아빠는 집에 있는 시간이 점점 줄었고 엄마의 의심은 더욱 커졌다. 엄마와 새아빠의 싸움은 점점 더 과격해졌으며, 옆집 아줌마가 말리러 오는 일도 더러 있었다. 달아가 열두 살이 되고 유지가 세 살이 되었을 때, 새아빠는 결국 떠났다.

새아빠는 유지를 데리고 가겠다고 했다. 그 말을 알아들은 유지는 달아에게 찰싹 달라붙었다.

"난 누나랑 살 거야."

유지가 펑펑 울면서 말했다.

엄마도 아빠에게 유지를 데려갈 수 없다고 했다. 엄마는 유지를 보내지 않으면 새아빠도 가지 않을 거라 기대했을 것이다. 그러나 새아빠는 유지를 놓고 그냥 가버렸다.

달아는 떠나는 새아빠를 가로막고 섰다. 마지막으로 붙들어보고 싶었다.

"미안하다. 이젠 정말 지긋지긋하다."

오만 정이 다 떨어져 나간 새아빠의 표정을 달아는 결코 잊지 못할 것만 같았다.

5. 찬

아빠는 온종일 만두를 빚었다. 둥글게 잘라낸 만두피에 고기와 숙주와 두부가 적절하게 섞인 만두소를 숟가락으로 뚝 떠 넣고 단단히 여며서 찜통에 넣은 다음, 타이머에 맞춰 쪄내는 일을 하루도 거르지 않았다. 그렇게 번 돈으로 형과 찬을 키웠다.

찬은 아빠가 반죽하는, 퍽퍽 철썩철썩 소리가 좋았다. 공중으로 미세하게 퍼져 나가던 하얀 밀가루도 좋았다. 일정한 크기로 빚어져 나란히 줄지어 뉘어 있는 만두들의 행렬을 보는 것도 좋았다. 200도의 찜통에서 2분이 지나면 어김없이 울리는 타이머의 알람도 좋았다. 식욕을 부르는 냄새도 좋았다. 무엇보다 담백하고 고소한 그 맛이 좋았다. 먹어도 먹어도 물리지 않을 것 같았다.

아빠는 그날의 첫 만두를 늘 찬에게 주었다. 갓 쪄낸 만두를 호호 불어가며 맛깔스럽게 먹을 때면, 아빠와 찬은 이런 대화를 나누곤 했다.

"우리 찬이는 커서 뭐가 될 거지?"

"응, 만두 장사."

"의사나 변호사나 연예인 아니고?"

"아니, 난 만두 장사가 될 거야."

찬은 단호하고 자신 있게 대답했다.

"아빠를 제일 많이 닮은 건 찬이지."

엄마도 그렇게 말했다.

찬은 그 말이 좋아서 아침 일찍 일어나 아빠와 함께 달리기를 했고, 주말이면 자전거를 타고 이웃 마을까지 갔다 왔으며, 아침 식사로 만두를 나눠 먹었다.

"찬아, 억지로 먹지 않아도 돼."

엄마가 말리면,

"내 아들이 먹겠다는데 왜 그래? 아들 뺏길까 봐 질투하는 거 아니야? 아무리 그래도 찬인 내 편이라고!"

아빠가 놀리곤 했다.

그러면 찬은 더 열심히, 더 맛있게 먹었다. 찬에게는 세상에서 가장 고마운 사람도, 세상에서 가장 존경하는 사람도, 세상에서 가장 닮고 싶은 사람도 부모님이었다.

하지만 아빠의 외모를 빼닮은 건 역시 형이었다. 형은 아빠처럼 키가 크고 팔다리가 길었다. 곱슬머리와 커다란 눈과 이국적인 인상을 풍기는 매부리코도 형에게 있었다.

그러나 형은 어려서부터 만두라면 지긋지긋해했다. 찬이 만두를 먹을 때 형은 우유에 시리얼을 말아 먹었다. 형은 만두 장사보다 사람들의 주목을 받을 수 있는 특별한 사람이 되길 원했다. 고등학교를 졸업하면 나고 자란 지방 소도시를 떠날 거라고 선언했다. 서울에 있는 명문 대학에 들어가고 그 후엔 돈을 많이 벌어서 성공한 인생을 살 거라는 야망이 있었다.

　그러나 그런 꿈에 더 가까워지는 사람은 형이 아니라 찬이었다. 중학생이 되면서부터 찬은, 아무도 몰래, 만두 장사가 되겠다는 꿈을 슬그머니 내려놓았다.

　찬은 공부하는 게 재미있었다. 특히 수학과 과학은 배우면 배울수록 흥미로웠다. 성적이 점점 오르는 것도 신이 났다. 찬은 쉬는 시간에도 공부했고 시험 기간이 아닌데도 밤새도록 공부에 빠져들었다. 하지만 일손이 부족할 때면 군말 없이 가게 일을 돕고 배달을 갔다.

　형은 계속해서 성적이 떨어졌다. 한동안 몸부림을 치던 형은 고등학생이 되면서 공부를 완전히 놓아버렸다. 찬을 미워하기 시작한 것도 그즈음이었다. 얼토당토않은 일로 꼬투리를 잡아 시비를 걸고 싸움을 걸어왔다.

　형이 화풀이를 하거나 거칠게 대할 때면 찬은 억울했지만 대들지 않았다. 나이만 먹었지 철들지 않은 형이 한심했다. 그러나 그런 찬의 마음이 들통나지 않도록 각별히 조심했다. 찬은 언제나 자신의 위치를 잊지 않았다.

형은 불량배들과 어울리며 주목받기 시작했다. 형에 대한 나쁜 소문이 이곳저곳에서 들려왔다. 부모님이 학교에 불려가는가 하면 형과 대판 싸우기도 했다. 아빠와 형의 갈등은 점점 더 깊어졌고 형은 보란 듯이 가출을 일삼았다.

이따금 오는 할머니는 찬을 싫어했다. 형이 엇나가면서부터는 노골적으로 싫은 티를 냈다.

"괜히 저 애를 데려와서는 멀쩡한 우리 손자 앞길을 막아버리다니!"

할머니는 찬을 노려보며 혀를 찼다.

차갑고 매서운 할머니의 눈빛이 찬을 지나 엄마에게 가닿았다. 자신 때문에 엄마까지 힘들어진 것 같아 찬은 마음이 쓰라렸다.

6. 달아

새아빠가 떠난 뒤 집 안에는 고요가 찾아왔다. 더 이상 싸움과 갈등은 일어나지 않았다. 엄마는 소리 지르지도 화를 내지도 않았다. 아무와도 말을 하지 않았다. 엄마는 무기력과 깊은 우울에 빠져들었다.

다행히 새아빠는 유지의 양육비를 꼬박꼬박 보내주었다. 매달 15일이 되면 엄마의 통장에는 일정한 액수의 숫자가 찍혔다. 세 식구의 한 달을 꾸려가기에는 빠듯한 액수였지만, 그럭저럭 생활은 유지할 수 있었다.

달아와 유지는 이웃들의 도움으로 살았다. 옆집 아줌마가 빨래도 해주고 밥도 해줬다. 달아는 유지를 씻기고 옷을 입힌 다음 학교에 가기 전에 옆집으로 보냈다. 그러면 아줌마가 어린이집 셔틀버스 시간에 맞춰 유지를 데려다주고 데리고 왔다.

그러는 사이 엄마는 계속 누워 있었다. 음식도 제대로 먹지 않아 얼굴이 거칠어지고 점점 더 말라갔다. 엄마에게서 퀴퀴한 냄새가 나기도 했다. 그런 냄새를 맡은 밤이면 달아는 유지를 더 오래도록 문질러 씻기고 자신도 더 공들여 씻었다.

달아를 갓난아기 때부터 키워주었던 옆집 아줌마는 달아에게 열심히 공부하라고 했다. 달아가 희망이라고. 달아는 유지를 돌보는 시간 외에는 책상 앞에 앉아 있었다.

달아는 금요일 저녁이면 언제나 운동화를 빨았다. 마치 엄마가 챙겨준 것처럼 새하얗게 될 때까지 공들여 문질렀다. 운동화만 하얗다면 누구도 달아를 비웃을 수 없다는 듯이. 운동화만 하얗다면 자존심을 지킬 수 있다는 듯이.

동네 할머니는 자신이 다니는 성당에서 바자회가 열릴 때마다 달아와 유지가 입을 옷을 헐값에 왕창 사 왔다. 그중에는 꽤 예쁜 옷도 더러 있었다. 달아는 예쁜 옷들 위주로 차곡차곡 개어서 옷장에 쌓아두었다.

공부도 잘하고 항상 쾌활하며 새하얀 운동화를 신은 달아를 누구도 불우한 아이로 보지 않았다. 달아는 그렇게 완벽하게 속일 수 있었다. 그날이 오기 전까지는.

사람들은 엄마와 아빠를 두고 법 없이도 살 사람들이라고 했다. 부모님의 세계는 평화롭고 조용했다. 욕심도 없고 변화도 없었다. 세월이 지나도 똑같았다. 아빠의 키가 유난히 크다는 것 외에는 외모도 평범해서 가던 길을 멈추고 돌아보거나 두 번 눈길을 줄 일도 없었다.

오직 찬을 입양한 사실만이 그들을 특별하게 만들었다.

찬은 교회 앞 베이비박스에서 발견되었다. 베이비박스가 만들어진 지 한 달이 채 안 된 시점이었다. 마침 주일예배 중이었고, 성찬식이 진행 중이라 교회는 더없이 고요하고 엄숙했다. 그때, 교회 밖에서 어린아이의 울음소리가 들려왔다. 흡사 성난 고양이의 울음 같은 그 소리는 좀처럼 그치지 않았고, 오히려 점점 더 거세어졌다. 누군가가 문을 열고 나가보니 담요에 싸인 갓난아기가 울고 있었다. 이름도 없이 생년월일만 적힌 종이가 달랑 아이와 함께 놓여 있었다.

베이비박스를 만드는 것에는 모두가 한마음이었으나, 선뜻 나서서 아이를 키우겠다는 사람은 없었다. 그때, 엄마가 손을 들었다.

"저 뒤에 하나님의 거룩한 뜻을 대행해주실 분이 계시는군요."

목사님의 말에 교인들은 일제히 뒤를 돌아보았다. 아기의 울음에 가장 먼저 문을 열고 나갔던 젊은 여자가 얼굴을 붉히며 수줍게 손을 들고 있었다. 교회에 나온 지 3주도 안 된, 베이비박스 만드는 일에는 투표도 하지 않은 새로운 교인이었다. 그 옆에 자신은 모르는 일이라는 듯 눈을 휘둥그레 뜨고 아내를 바라보는 남자와 이 모든 상황이 한없이 지루해서 몸을 비비 꼬고 있는 어린 남자아이가 앉아 있었다.

성찬식 중에 당도한 아이는 '성찬'이라는 이름을 얻게 되었다. 성찬은 아빠 성길현, 엄마 김주희, 형 성훈의 가족이 되었다. 그리고 교인의 수가 50명도 되지 않는 작은 교회의 가장 어린 교인이 되었다.

아빠와 엄마는 집 안에서도 집 밖에서도 찬을 형과 똑같이 대했다. 아니, 장난이 심하고 사고도 잘 쳤던 형은 찬보다 자주 야단을 맞았다. 덕분에 찬은 자라면서 자신이 입양아라는 사실을 부끄럽게 여긴 적이 한 번도 없었다.

찬 주위에는 가정 폭력에 시달리는 친구도 있고, 성적에 지나치게 집착하는 부모 때문에 힘들어하는 친구도 있었다. 이따금 찬은 그 애들보다 운이 더 좋다고 생각했다. 찬은 부모님 자랑을 서슴없이 했고 친구들은 그런 찬을 부러워했다.

찬은 형과도 친형제처럼 잘 지냈다. 물론 이 모든 것을 거저 얻은 건 아니었다. 찬은 눈치가 빨랐다. 아빠가 만든 만두 외에는 다른 어느 것에도 식탐을 부리지 않았고, 형의 옷을 물려 입는 것을 당연하게 여겼다. 형의 할머니가 가져온 것은 아무리 탐이 나도 손도 대지 않았다.

간혹 형과 한판 붙고 싶은 마음이 들어도 엄마 아빠를 실망시키지 않으려고 꾹 참았다. 종종 형이 유치하거나 한심하게 느껴질 때도 있었지만 겉으로 표현한 적은 한 번도 없었다. 그래서인지 형은 밖에서만큼은 철저히 찬의 편이 되어주었다. 형과는 달리 찬은 몸집이 작았지만, 찬을 위협하는 아이는 한 명도 없었다.

달아를 처음 만난 것도 교회에서였다. 찬이 열네 살, 형이 열여덟 살이 되던 새해, 한 여자아이가 김 집사님의 손에 이끌려 교회에 왔다.

"찬아, 이리 좀 와보렴."

김 집사님은 손을 흔들어 찬을 불렀다.

"이 애도 오늘부터 우리 교회에 다닐 거야. 너하고 똑같은 중학교 2학년이야. 친하게 지내렴."

김 집사님이 소개하는 내내 여자애는 시선을 옆으로 비낀 채 새침한 표정을 짓고 있었다. 그 옆엔 동생으로 보이는 조그만 남자아이가 교회에서 준비한 선물을 들고 신이 나서 해맑게 웃고 있었다.

"유지는 아줌마랑 같이 있고, 달아야 찬이를 따라가."

찬은 달아보다 반보 앞서 걸어가며 여자애를 힐끔 보았다. 유난히 하얀 운동화에 꾹 다문 입매가 어우러져 고집스럽고 자존심 강한 아이라는 인상을 풍겼다.

"환영한다."

찬은 자리를 안내하며 말했다.

그제야 그 애는 찬에게 눈길을 주었다. 잠시 물끄러미 찬을 바라보던 여자애가 입을 열었다.

"오늘 내가 여기 온 건 나의 의지가 아니야. 오늘이 마지막이라는 얘기지."

자신만만하고 냉담한 목소리였다.

"난 이런 곳에서 시간을 보낼 만큼 한가하지 않거든."

묻지도 않았는데 여자애가 덧붙였다.

찬은 참 재수 없는 아이라고 생각하면서 '너한테만 하는 말이 아니라고, 여기에 오는 누구에게나 하는, 그냥 의례적인 인사'라고 말하려 했다.

그런데 그 당돌한 아이의 입가가 파르르 떨리고 있었다. 그 애는 긴장하고 있었다. 어쩐지 불안하고 두려워 보였다. 낯가림이 아주 심한 아이일지도 모른다는 생각이 들었다. 유독 자신만만하고 냉담한 태도는 진짜 모습이 아닐지도 몰랐다.

찬은 어쩐지 그 애가 애달파 보였다. 그리고 이유를 알 수 없는 동질감을 느꼈다. 그래서인지 찬은 예배 중간중간 여자애를 힐끔거렸다.

시종일관 무심하고 지루해 보이던 여자애의 표정이 어느 순간 진지해졌다. 여자애는 빨려 들어갈 것처럼 열중하고 있었다.

그제야 찬도 목사님의 설교에 귀를 기울였다.

강대상에서 목사님이 말했다.

"하나님은 여러분의 간절한 기도를 들으십니다!"

8. 달아

"도대체 언제까지 그러고만 있을 거야. 애들 생각도 해야지."

어느 날은 보다 못한 옆집 아줌마가 소리를 빽 질렀다.

그 소리에 달아와 유지는 화들짝 놀랐다. 하지만 아줌마의 고함도 엄마의 귀에는 닿지 않았다. 엄마는 아무 소리도 듣지 못한 것처럼 계속 누워만 있었다.

대신 달아와 유지는 아줌마가 새아빠처럼 자신들을 버려둘까 봐 두려워져서, 아줌마의 말이라면 더 고분고분해졌다.

"달아야, 다음 주에 아줌마랑 교회에 가자."

아줌마의 나근나근한 목소리를 듣는 순간, 달아는 올 게 왔다는 생각을 했다. 아줌마가 다니는 교회에서 신년맞이 '새 가족 환영 잔치'를 한다는 소식을 어깨너머로 듣게 된 후부터 어쩐지 불안한 기분이 들었다. 아줌마가 아무리 꼬셔도 가족들이 꿈쩍도 안 한다는 사실을 알게 된 후로는 그 새 가족이 자신과 유지가 될 것이라는 걸 예감했다.

"거기 가면 뭐가 좋은데요?"

"구원을 받고 천국에 갈 수 있지."

구원은 뭐고 천국은 또 뭐란 말인가. 이토록 삶이 고달픈 아이들에게 왜 그런 아득하고 낯설기만 한 단어들을 늘어놓는 것일까. 달아는 생각했다.

"천국은 죽으면 가는 곳 아닌가요?"

"맞아. 그러고 보니 어린 너에게 죽음은 너무 먼 얘기구나."

설명하기가 난감한지 아줌마가 한숨을 푹 쉬었다.

"그럼, 이건 어떠니? 교회에서 새로 오는 어린이들을 위해 맛있는 과자와 사탕을 담은 푸짐한 선물 상자를 준비한다는구나."

이번에는 아줌마가 유지를 보며 말했다.

"우와! 나 갈래요!"

당장이라도 따라나설 것처럼 유지가 벌떡 일어서서는 깡충깡충 뛰었다.

"유지야, 오늘은 아니고 일요일 아침에 가야 한단다."

작전이 먹힌 것을 알고 얼굴이 활짝 핀 아줌마가 유지를 끌어안았다.

"그럼 몇 밤 자야 하는데요?"

유지가 아줌마의 품에서 간신히 몸을 빼내며 물었다.

"다섯 밤."

"에이, 너무 멀잖아."

"본래 좋은 것은 좀 기다렸다 만나는 거란다."

유지를 다독이느라고 한 아줌마의 말이 달아의 귀에 닿았다.

치, 그런 게 어딨어. 콧방귀를 뀌면서도 달아는 생각했다.

정말로 좀 기다려야 만날 수 있는 좋은 것이 예비되어 있다면 얼마나 좋을까? 그러면 기다리는 동안 힘든 것도 참아낼 수 있을 텐데.

다섯 밤이 지난 후에 달아와 유지는 옆집 아줌마를 따라 교회에 갔다. 달아는 동네 할머니가 바자회에서 구해다 준 옷 중에서 제일 예쁘고 제일 낡지 않은 옷을 골라 유지에게 입혔다. 유지가 좋아하는 야구 모자도 씌워주었다. 자신을 위해서는 새하얗게 빨아놓은 운동화를 꺼내 신었다.

"엄마, 우리 다녀올게. 식탁 위에 밥 차려놨으니까 꼭 챙겨 먹어."

달아는 엄마 방을 향해 큰 소리로 말했다.

엄마는 여전히 대답이 없었다. 밥도 먹지 않을 거란 걸 이미 알고 있었다. 어젯밤에 달아와 유지가 잠든 사이, 엄마는 소주를 세 병이나 마셨다. 거실에 아무렇게나 널브러져 있는 술병을 유지가 볼까 봐 달아는 부랴부랴 치웠다. 거실을 떠도는 술 냄새는 창문을 열어도 지워지지 않았다.

달아와 유지는 현관 거울 앞에 나란히 서서 공들여 단장한 모습을 비춰 보았다.

"나 멋지지?"

유지가 해맑게 웃었다. 유지는 사랑스러운 아이였다. 동그랗고 초롱초롱한 두 눈이 어른들의 마음을 사로잡았다.

"다들 나를 귀여워해주겠지?"

그런데도 유지는 늘 사랑에 목마른 아이처럼 굴었다. 관심은 먹어도 먹어도 허기가 지는 모양이었다. 유지를 돌아보지 않는 엄마에게 갑자기 화가 치밀었다. 얼굴이 불끈 달아오르는 것을 들키지 않기 위해 달아는 서둘러 집을 나섰다.

"아유, 우리 유지가 한껏 멋을 부렸구나."

아줌마가 유지의 볼에 뽀뽀를 쪽쪽 해댔다.

버스에서 내리고도 한참을 걸은 후에야 교회에 다다를 수 있었다. 창립 25주년을 맞이한다는 교회의 붉은 벽돌에는 세월의 흔적이 고스란히 남아 있었다. 교회 앞에는 '새 가족 여러분 환영합니다'라고 쓰인 대형 현수막이 걸려 있었고, 한복을 입은 나이 지긋한 아주머니 둘이 함박웃음을 남발하며 작은 선물 꾸러미를 나눠주었다.

"달아야 찬이를 따라가."

아줌마가 선물 꾸러미를 들고 한참 신이 난 유지를 데리고 사람들 속으로 사라졌다.

"아유, 누가 이렇게 귀여워? 누구예요?"

멀리서 유지를 보고 감탄하는 소리가 들려왔다.

찬이라는 아이와 단둘이 남겨진 달아는 다른 선택의 여지가 없었다. 달아는 반 발짝 비켜 걸으며 찬을 따라갔다.

"환영한다."

남자애가 말하며 긴 의자를 가리켰다. 이미 아이들 몇 명이 그 곳에 앉아 수다를 떨고 있었다. 고개를 푹 숙이고 휴대폰으로 게임에 열중인 애도 있었다. 앞자리에도 뒷자리에도 사람들이 앉아 있었다.

피아노 연주가 높은 천장까지 닿았다가 교회를 가득 메운 긴 의자 사이사이로 배어들었다. 이상하게 마음을 건드리는 곡조였다. 어릴 적 옆집 아줌마의 등에 업혀 들었던 흥얼거림과도 비슷했다.

달아는 낯선 아이들과 어른들로 북적거리는 낯선 시공간으로부터 도망치고 싶어졌다. 마음을 울렁이게 만드는 피아노 소리도 듣고 싶지 않았다. 어지럽고 혼란스럽고 두려웠다. 그래서 애꿎은 남자애를 노려보았다.

"오늘 내가 여기 온 건 나의 의지가 아니야. 오늘이 마지막이라는 얘기지."

남자애가 놀란 얼굴로 무언가 말하려는 듯 입을 달싹였다.

"난 이런 곳에서 시간을 보낼 만큼 한가하지 않거든."

선제공격을 날리듯 달아는 표독한 표정으로 재빨리 말해버렸다.

얼마 뒤 예배가 시작되었다. 예배에는 조금도 관심이 없었다. 익숙하지 않은 노래를 부르고, 주문을 외우듯 '아멘'이라는 단어를 남발하는 사람들에게는 더욱 관심이 없었다.

그런데 저 멀리 목사님이라는 나이 지긋한 사람의 말이 귀에 들어왔다.

"하나님은 여러분의 간절한 기도를 들으십니다!"

정말일까?

"여러분, 믿고 기도하십시오. 이루어질 것입니다."

목사님이 더욱 힘주어 말했다.

달아는 그 말이 자신에게 하는 말처럼 선명하게 들려왔다. 그리고 그 순간 달아는 마음먹었다.

9. 찬

형이 망가지기 시작할 무렵, 찬은 형을 도무지 이해할 수 없었다. 할머니의 날카로운 비난을 듣기 전까지는 그랬다.

"내가 뭐라 했냐. 머리 검은 짐승은 함부로 거두는 게 아니랬지!"

할머니의 비난은 비수처럼 찬의 가슴에 꽂혔다.

어쩌면 형도 그렇게 생각한 것일까? 설마 찬이 형의 앞길을 방해했다고 생각한 것일까?

처음에는 말도 안 된다고 생각했다. 형의 비위를 건드리지 않기 위해 찬은 한순간도 긴장을 놓은 적이 없었다. 방심하는 순간 실수하거나, 찬의 뜻과는 달리 형이 오해해서 문제가 된 적은 있었다. 그러면 찬은 그 자리에서 곧바로 사과했다. 억울해도 따지지 않았다. 찬으로 인해 부모님의 세계에 평화가 깨어지는 것을 보고 싶지 않았다.

그런데 시간이 지날수록 형이 했던 말과 행동이 한곳으로 모였다. 형은 툭하면 잘난 처하지 말라고 했다. 자신이 모르는 것을 찬이 알고 있거나, 자신보다 어른스럽게 행동하는 것을 견디지 못했다. 사람들이 찬을 칭찬하고, 찬의 성적이 계속 오르는 것도 참아내기 힘들었을지 모른다.

어느새 형은 찬과 경쟁하고 있었던 것일까? 형 스스로 비교 의식에 시달리고 있었던 것일까? 그래서 이길 수 없는 싸움이라고 판단하고 내팽개쳐 버렸던 것일까? 그렇다면 할머니의 말대로 형을 망쳐버린 것은 찬의 존재였을까?

찬은 혼란스럽고 괴로웠다. 그리고 불안했다.

어쩌면 말로 표현만 하지 않을 뿐, 부모님도 같은 생각을 하고 있는 것은 아닐까?

어쩌면 부모님이 찬을 입양한 것을 후회하고 있는 것은 아닐까?

어쩌면…… 어쩌면…… 찬이 다시 버려지는 것은 아닐까……?

엄마 아빠처럼 훌륭한 분들이 그럴 리가 없다는 것을 알면서도 찬은 이따금 스멀스멀 기어 나오는 두려움을 완전히 떨쳐버릴 수는 없었다.

10. 달아

달아는 매주 일요일 교회에 갔다.

달아는 엄마가 죽지도 않고, 아프지도 않고, 누워 있지도 않고, 술을 마시지도 않기를 기도했다.

눈에 보이지 않는 신에게 달아는 처음으로 자신의 속마음을 다 털어놓았다. 이따금 달아의 눈가가 촉촉하게 젖었다. 그러면 달아는 간절한 기도를 한 것 같았고, 그래서 이루어질 것만 같아 가슴이 벅차올랐다.

교회에 나가기 시작한 지 얼마 안 되어 달아는 찬에 대한 교인들의 태도가 좀 이상하다는 생각이 들었다. 식사 시간이면 반찬을 누구보다 넉넉히 퍼 주는가 하면, 가만히 있는 찬에게 잘 자랐다는 둥 뜬금없는 칭찬을 늘어놓기도 했다. 다른 집 아이에게는 좀처럼 보이지 않을 관심과 참견이 찬을 늘 따라다녔다.

달아는 옆집 아줌마를 붙들고 찬에 대해 물었다.

"참 잘 자랐지……"

한참을 머뭇거리던 아줌마는 한숨을 푹 쉬더니, 이내 대견하다는 표정을 지으며 찬이 처음 발견되었던 날의 일을 들려주었다.

교회의 베이비박스 안에 버려져 있던 아이.

달아는 아빠의 얼굴만 모르지만, 찬은 부모의 얼굴을 모두 모른다. 달아는 어쩐지 마음이 놓였다. 적어도 자신이 세상에서 제일억울한 사람은 아니었다. 자신보다 더 불쌍한 아이도 있다는 것에안도했다.

게다가 학교에서 만난 찬은 공부도 잘하고 선생님들과 친구들에게 인정받는 모범생이었다. 또 달아가 불우한 환경에 처해 있다는걸 모르는 것처럼 찬이 버려진 아이라는 것도 아무도 몰랐다. 달아는 찬과 비밀을 공유하고 있는 셈이었다.

아줌마에게 찬에 대한 이야기를 들은 후 달아의 마음에 변화가생겼다. 마침 교회에 동갑내기는 둘뿐이어서 달아와 찬은 점점 더가까워졌다.

"너는 무슨 기도를 그렇게 열심히 해?"

찬이 물었다.

그날도 달아는 눈가가 촉촉해지도록 간절히 기도했다.

"우리 엄마 기도."

"엄마? 엄마가 많이 아프셔?"

달아는 고개를 끄덕였다.

"어디가 아프신데?"

찬의 질문에 달아는 선뜻 대답할 수가 없었다.

엄마는 어디가 아픈 걸까? 어디가 얼마나 아프길래 엄마의 눈에는 달아도 유지도 안 보이는 걸까?

"우울증."

달아는 언젠가 아줌마가 말했던 단어를 내뱉었다. 말을 하고 나니 맞는 것도 같았다.

"아, 우울증……"

찬이 뭘 알기라도 한다는 듯이 고개를 끄덕였다. 그런 찬의 얼굴을 물끄러미 바라보며 달아는 생각했다.

어림도 없지, 네가 뭘 알겠어. 그런 엄마와 함께 단 하루도 살아보지 못한 네가.

"너는 간절히 기도해본 적 없어?"

"글쎄……"

찬은 별다른 문제가 없다는 듯이 무심하게 대답했다.

그 모습이 마치 달아가 사는 세상과는 다른 곳에 살고 있고, 그 세상에는 걱정도 근심도 없다고 말하는 것처럼 보였다. 그러자 달아는 좀 잔인해지고 싶었다.

"너를 낳아준 부모님을 만나게 해달라거나……"

달아의 말을 들은 찬의 표정이 굳어졌다. 잠시 두 사람 사이에 정적이 흘렀다. 침묵이 숨 막히도록 무겁게 느껴져서, 달아는 그 말을 꺼낸 것을 후회했다.

"내 이야기를 들었나 보구나."

드디어 찬이 침묵을 깼다.

"비밀도 아니라고 하던데…… 교인들은 다 아는 얘기라고……"

달아는 변명하듯 떠듬거렸다.

"맞아. 오래된 교인들은 대부분 알지."

찬이 억지로 미소를 지어내며 말했다.

"하지만…… 학교에선 아무도 몰라. 일부러 속였다기보다 글쎄…… 굳이 말할 필요가 없어서…… 나는 그런 이유로 주목받고 싶지는 않거든."

찬의 말은 변명처럼도 들리고 부탁처럼도 들렸다.

"학교에서 뭣 하러 그런 얘기를 하겠어, 쓸데없이."

달아의 말을 들은 찬의 표정이 그제야 부드러워졌다.

학교에서도 '찬이 실은 입양아라더라'라는 소문이 물밑으로 잠깐 떠돈 적 있다는 사실을 달아는 말하지 않았다. 어차피 찬은 다른 사람들에게 별로 관심이 없어 보였고, 아이들 세계에서 주목받는 인물도 아니었다. 최근에는 소문도 잠잠해져 굳이 달아가 알려줄 필요도 없어 보였다. 달아는 찬의 안도하는 모습을 지켜주고 싶었다.

그 사건을 계기로 둘은 부쩍 가까워졌다. 찬도 달아도 자신의 이야기를 터놓기 시작했다. 다른 사람에게는 할 수 없는 이야기를 찬은 달아에게, 달아는 찬에게 할 수 있었다.

찬은 달아의 아빠와 유지의 아빠가 다르다는 것을 알게 되었다.

새아빠가 집을 떠난 이야기도, 그 후로 엄마가 자리에서 일어나지 못한다는 것도 알게 되었다.

달아는 찬이 새로 생긴 부모님을 존경하고 사랑한다는 것을 알았다. 하지만 그 행복을 잃게 될까 봐 불안해한다는 것도.

"나도 그 기분을 알 것 같아. 새아빠랑 살면서 늘 그런 기분을 느꼈거든."

달아는 찬의 어깨를 토닥여주었다. 달아는 찬을 위로하면서 이상하게도 자신이 위로받는 듯한 기분을 느꼈다.

찬은 달아가 신기한 아이라는 생각이 들었다. 핏대를 세우며 다시는 교회에 안 오겠다고 말할 때는 언제고, 다음 주에도 그다음 주에도 계속 왔다. 게다가 예배 시간에는 한눈도 팔지 않고 열심히 설교를 듣는가 하면, 예배가 끝난 후에는 고개를 푹 숙이고 기도를 했다.

처음에 찬은 달아가 기도하고 있을 거란 생각은 하지 못했다. 달아의 눈가에 반짝거리는 것이 눈물일 거라고도 생각하지 못했다. 그러나 달아는 굉장히 진지해 보였다.

찬은 교회 앞 베이비박스에서 발견된 이래 매주 일요일이면 부모님과 함께 예배에 참석했다. 하지만 신앙이라는 것에 대해 진지하게 생각해본 적은 한 번도 없었다. 달아의 모습을 보고 찬은 충격을 받았다. 그래서인지 자신도 모르게 주위를 맴돌며 달아를 관찰하게 되었다.

어느 날 학교에서 달아와 우연히 마주쳤다.

"우리 학교에 다니고 있었어?"

달아가 깜짝 놀라며 물었다.

찬은 잠잠히 고개를 끄덕였다. 찬은 본래 남에게 관심이 없는 데다가 매우 조용해서 사람들 눈에 잘 띄지 않았다. 그러니 달아가 이제야 찬을 발견한 것도, 자신이 달아를 이제야 발견한 것도 이상할 게 없다고 생각했다.

그런데 달아는 좀 긴장한 것 같아 보였다. 이유가 뭘까, 궁금해지려는 순간, 누군가 달아의 이름을 불렀다. 돌아보니 여자애 셋이 손을 흔들고 있었다. 달아가 활짝 웃으며 덩달아 손을 흔들었다.

저렇게 활짝 웃을 줄도 아는 아이인가?

이제까지 한 번도 본 적 없는 달아의 모습에 찬은 적잖이 당황했다.

"나중에 보자."

나지막한 목소리로 달아가 속삭였다. 달아의 목소리가 찬에게 암호를 보내는 것 같았다. 그러곤 뒤도 안 돌아보고 달려갔다.

"너 쟤 알아?"

여자애 중 한 명이 돌아보며 물었다.

"그냥, 같은 교회 다니는 애."

"너 교회 다녔어? 어느 교회?"

"야, 이다은! 관심 끄셔. 너는 성당 다니잖아. 너희 할아버지 할머니부터 삼대가 다 같이 다닌다며."

"누가 뭐라냐?"

아이들의 재잘거리는 소리가 점점 멀어져갔다.

달아의 새하얀 운동화가 떠올랐다. 학교에서 본 달아의 모습이 그 운동화 같았다. 아주 공을 들여 표백제로 모든 얼룩을 제거한 것 같은. 그래서 한 번도 진흙탕에 빠져본 적 없는 것처럼 밝고 유쾌하게만 보이는.

다시 교회에서 달아를 만났을 때, 그 애는 이전보다 부드러운 태도로 찬을 대했다. 처음 교회에서 만났던 차갑고 도도한 달아와 학교에서 본 밝고 유쾌한 달아, 그 사이 어느 지점에 진짜 그 애가 있을 것 같았다.

"너, 이다은 알아?"

달아가 물었다.

"이다은?"

찬은 고개를 갸웃했다.

"작년에 너랑 같은 반이었다던데?"

"그런가?"

"너 굉장히 무심한 아이구나?"

"그런가?"

"걔는 너한테 관심 있나 보더라."

달아가 깔깔거리며 말했다.

찬은 어리둥절한 표정을 지었다. 얼굴도 기억하지 못하는 '이다은'이라는 아이가 자신에게 관심 있다는 소식 때문이 아니라, 달아가 저렇게 깔깔거리며 웃기도 한다는 사실이 놀라워서였다.

"근데 그 애를 교회에 데려올 생각은 없어."

달아는 다시 새침한 표정으로 돌아가 있었다.

"왜 그런지는 말 안 해도 알겠지?"

달아가 단호한 어투로 덧붙였다.

찬의 비밀을 지켜주겠다는 건가?

자신의 비밀을 들키고 싶지 않다는 건가?

찬은 달아에게 미묘한 동질감을 느꼈다. 마치 한편이 된 것 같은 기분이었다. 부모님에게도, 형에게도 느껴보지 못한 감정이었다.

이후로 찬은 이따금 달아가 차갑게 대해도 자신을 밀어내는 것이 아니라는 걸 알았다.

달아에게도 찬은 특별한 친구일 거라고 생각했다.

12. 달아

문제가 터졌다. 달아와 유지를 돌봐주던 옆집 아줌마가 딸이 사
는 동네로 이사를 간다는 것이다. 직장에 다니는 딸이 아기를 낳았
기 때문에 대신 키워주기 위해서라고 했다.

아줌마는 달아와 유지가 좋아하는 돈가스를 만들어주고, 바나
나와 딸기를 예쁘게 잘라 접시에 놓아주고는 그런 잔인한 말을 꺼
냈다.

"엄마도 아세요?"

달아는 들고 있던 포크를 가만히 내려놓으며 고개를 푹 숙였다.

"오늘 낮에 말해두었지."

"뭐라 하세요?"

"그냥 눈물만 흘리더구나."

아줌마도 한숨을 푹 쉬었다.

"아유, 우리 유지 이제 못 봐서 어떡하지? 그 생각을 하면 아줌마가 잠이 안 와요."

아줌마가 유지의 볼을 비비고 엉덩이를 톡톡 두드렸다. 아무것도 모르는 유지는 그저 먹기에 바빴다.

달아는 가슴이 답답하고 속이 메스꺼웠다. 눈물이 뚝뚝 떨어졌다. 아줌마만 잡을 수 있다면 무엇이든 다 할 수 있을 것 같았다. 아줌마 없는 세상은 상상도 할 수 없었다.

"아이고, 어린것이. 이 불쌍한 것이."

아줌마가 달아의 눈물을 닦아주며 부둥켜안았다. 아줌마의 눈가에도 눈물이 촉촉하게 맺혔다.

"오히려 잘된 일인지도 모르지. 엄마가 이제 자리에서 일어날 거야. 믿을 구석이 없어지면 어떻게든 힘을 내게 되어 있단다."

아줌마의 말이 달아의 가슴을 일렁이게 했다.

어쩌면 아줌마 말이 맞을지도 몰라. 그동안은 아줌마가 있으니까 우리를 돌보지 않았던 거야. 자기 자식에게 관심 없는 사람이 어디 있어. 아줌마가 떠나고 나면 엄마가 벌떡 일어나서 우리를 챙길 거야.

달아에게 희망이 생겨났다. 달아는 더 열심히 기도했다.

하지만 엄마는 좀처럼 달라질 기미가 보이지 않았다.

달아는 계속 기도했다.

엄마는 꿈쩍도 하지 않았다. 아줌마가 떠날 날짜는 점점 더 다가오고 있었다.

달아는 더욱 간절하게 기도했다.

마침내 응답이 왔다.

그런데 달아가 기대했던 것과는 다른 응답이었다.

13. 찬

"너는 간절히 기도해본 적 없어?"

달아가 그렇게 물었을 때까지도 찬은 한 번도 진심으로 기도해본 적이 없었다. 기도의 힘을 믿지 않았고, 기도를 해야 할 필요도 느끼지 않았으며, 기도에 대해 진지하게 생각해보지도 않았다.

그런데 찬에게도 절박한 순간이 찾아왔다. 신의 힘을 빌려서라도 해결해야 할 일이 터진 것이다.

외박을 일삼던 형이 마침내 집을 나갔다. 하루 이틀이면 돌아오던 형이 1주일이 지나도록 소식조차 없었다.

형이 집을 나간 날, 아빠와 형 사이에 극심한 다툼이 있었다. 아빠는 더 이상 주위에서 들려오는 소문을 간과할 수 없었고 형을 심하게 야단쳤다.

"내 인생이라고요. 내가 알아서 살 거라고요!"

형은 빈정거리며 대들었다.

"알아서 한다는 놈이 그딴 놈들하고 어울리고 학교는 뒷전이냐?"

"무슨 상관인데요? 저기 저 잘난 놈이나 신경 쓰세요!"

형이 찬을 가리키며 소리를 질렀다.

탁!

아빠의 커다란 손이 형의 얼굴을 가격했다. 세상의 모든 소음을 빨아들인 블랙홀 같은 정적이 흘렀다. 찬은 심장이 터질 듯이 세차게 뛰는 소리가 들리는 것만 같았다.

"못난 놈."

정적을 깨고 아빠가 신음하듯 내뱉었다.

형이 자리를 박차고 일어나 문을 열고 나갔다.

쾅!

문이 닫히는 소리는 찬을 두 동강 낼 것처럼 위협적이었다.

"찬아, 네 방에 들어가 있어."

엄마가 형을 따라 나가며 말했다.

무거운 공기를 피해 찬은 슬그머니 일어나 방으로 들어갔다. 마음이 몹시 불안했다. 형이 집을 나간 것이 한두 번은 아니지만, 이번에는 이상하게 더 걱정되었다. 형의 마지막 말이 목에 걸려 넘어가지 않는 이물질처럼 느껴졌다. 그리고 아빠의 말도.

어쩌면 모두가 이미 알고 있지만, 모른 척 꾹꾹 누르고 있던 무언가가 결국 폭발해버린 것인지도 몰랐다.

두려움에 찬은 눈을 질끈 감았다. 맥박은 속도를 늦출 기미를 보이지 않았다. 수학 문제집을 펼쳤다. 문제를 풀다 보면 다 잊어버리지 않을까 생각했다. '잘난 놈'이라며 자신을 매섭게 노려보던 형의 얼굴이 생생하게 떠올랐다. 찬은 문제집을 탁 덮어버렸다. 조용히 방문을 열어보았다. 아빠의 모습은 보이지 않았다. 찬은 신발을 꿰신고 집을 나왔다.

찬은 교회를 향해 달려갔다. 바람이 얼굴을 스쳤다. 바람결에 찬의 눈물이 대기 속으로 흩어졌다.

평일 저녁의 교회는 텅 빈 채 어스름에 둘러싸여 있었다. 찬은 맨 뒷자리에 앉아 숨을 골랐다. 막상 기도하려고 하니, 어떻게 시작해야 할지 막막한 기분이 들었다.

교인 중에도 찬과 형을 비교하는 사람들이 더러 있었다. 찬의 입양 사실을 미처 몰랐던 사람들은 '한배에서 나온 형제가 어떻게 이렇게 다를 수가 있냐'며 대놓고 궁금해하기도 했다. 그러면 누군가가 눈짓을 하고는 귓속말로 진실을 알려주었다. 이미 진실을 알고 있는 사람 중에는 '찬을 입양하지 않았으면 어쩔 뻔했냐'며, 효도는 찬이 더 많이 할 거'라고 말하는 일도 있었다. 철없던 시절에는 그런 말을 들으면 으쓱해졌다. 그러나 지금은 그 말이 형의 귀에도 들릴까 봐 겁이 났다.

찬은 마침내 두 손을 모았다. 눈을 감고 신의 이름을 부르려는 순간, 어디선가 흐느끼는 소리가 들렸다. 찬은 다시 눈을 뜨고 고개를 들었다. 소리의 진원지를 찾아 시선을 돌린 곳에 한 아이가 몸을 바들바들 떨며 기도하고 있었다.

윤달아였다.

14. 달아

달아가 유지를 씻기고 있을 때 벨이 울렸다. 누구냐고 물으니 주민센터에서 나왔다고 했다. 문 앞에는 주민센터 직원인 젊은 남자와 사회복지사라고 자신을 소개한 중년의 여자가 서 있었다. 두 사람은 열린 문틈으로 집 안을 연신 흘깃거렸다. 낯선 사람들을 본 유지가 달아의 옆에 찰싹 달라붙었다.

"어른은 안 계시니?"

사회복지사가 물었다.

"계세요."

달아가 단호한 목소리로 말했다.

주민센터 공무원이 고개를 빼꼼히 빼고는 집 안을 둘러보았다.

"몸이 안 좋으셔서 쉬고 계세요."

달아는 유지의 손을 꼭 붙잡았다. 누가 유지를 빼앗아 가기라도 할 것처럼.

"갑자기 찾아와서 놀란 모양이구나."

사회복지사가 안심하라는 듯, 따뜻한 미소를 지었다.

"너희가 적절한 보살핌을 받지 못하고 있다는 신고가 들어왔단다. 그래서 우리가 몇 가지 좀 살펴보아야 하는데 들어가도 되겠니?"

사회복지사가 부드러운 목소리로 말했지만 달아는 꼼짝도 하지 않았다.

"신고가 들어온 이상 그냥 돌아갈 수는 없단다."

이번에는 주민센터 공무원이 다소 강경한 태도를 보였다.

"엄마가 어느 방에 누워 계시지?"

사회복지사가 가방에서 막대 사탕을 하나 꺼내 유지에게 주며 물었다.

달아가 말릴 틈도 없이 유지가 엄마가 누워 있는 방을 가리켰다. 유지의 손에는 어느새 막대 사탕이 들려 있었다.

"실례합니다."

사회복지사가 공무원에게 눈짓하더니 집 안으로 밀고 들어왔다. 이제는 달아가 아닌 엄마와 직접 상대하겠다는 태도였다.

엄마의 모습을 보고 이들이 어떤 반응을 보일지 두려웠다. 달아는 그들 앞을 가로막았다.

"들어오지 마세요. 엄마가 아프다니까요."

달아는 급하고 성난 목소리로 대들었다.

"잠깐만 만나 뵙고 갈 거야. 오래 걸리지 않아."

"안 돼요. 남의 집에 이렇게 막 쳐들어오는 게 어딨어요!"

실랑이가 계속되는 사이, 방문이 빼꼼히 열렸다.

"엄마!"

유지가 활짝 웃으며 말했다.

다른 세 사람의 시선이 일제히 그쪽으로 향했다.

핏기 없이 누렇게 뜬 얼굴, 부스스한 머리카락, 잠이 덜 깬 듯 게 슴츠레한 두 눈. 엄마가 거기 그렇게 서 있었다.

달아는 엄마와 사회복지사를 번갈아 쳐다보았다. 사회복지사 가 의미심장한 표정을 지었다. 상황을 한눈에 파악한 듯한 얼굴이 었다.

열린 방문 사이로 술 냄새가 훅 풍겼다. 주방 한쪽에 나란히 줄 지어 서 있는 술병들이 눈에 띌까 봐, 달아는 가슴이 조마조마했다.

"어른들끼리 잠깐 이야기 좀 나눌 수 있을까요?"

사회복지사가 말했다.

엄마는 순한 양처럼 말없이 고개를 끄덕였다. 그러고는 엄마의 깊고 깊은 동굴 안으로 그들을 인도했다.

방문이 굳게 닫히고 세 명의 어른들이 비밀 모의를 하는 동안, 달아와 유지는 크고 작은 눈사람처럼 얼어붙어 있었다.

15. 찬

형이 집을 나간 후, 엄마는 며칠을 앓아누웠다. 자리에서 일어나지 못하는 엄마를 대신해 찬은 달걀프라이를 만들고 시리얼과 우유로 아빠와 자신의 아침 식사를 준비했다.

식사 시간 내내 아빠는 말이 없었다. 찬은 아빠가 그토록 침울해하는 것을 본 적이 없었다. 술을 마시지 않던 아빠가 밤이면 술을 마셨다.

"찬아, 일어나 아침 먹어."

두 주가 지난 뒤, 엄마가 찬의 방문을 두드렸다.

"엄마, 괜찮아?"

찬은 엄마가 끓여놓은 된장찌개를 떠먹으며 안색을 살폈다.

"괜찮아."

엄마가 살포시 미소 지었지만 기운이 하나도 없어 보였다. 엄마는 그새 부쩍 늙어 보였다. 처음 보는 흰머리가 듬성듬성 눈에 들어왔고, 눈 밑에는 기미가 까맣게 덮여 있었다.

"아빠는?"

"오늘부터 가게 문 다시 연다고 새벽 시장 가셨어."

엄마가 찬에게 물잔을 건넸다.

겉보기에 엄마도 아빠도 다시 일상으로 돌아온 것처럼 보였다. 하지만 문뜩문뜩 새어 나오는 긴 한숨, 어딘지 알 수 없는 먼 곳을 향한 시선, 넋 놓고 앉아 있는 정지된 순간들 속에서 찬은 부모님의 마음을 읽었다. 그래서 찬은 부모님의 마음을 헤아리기 위해 더 신경을 썼다. 부모님이 말하지 않은 것까지 헤아리려고 애썼다.

한편으로 찬은 할머니가 형이 집 나간 것을 알게 되면 어떤 반응을 보일까 두려웠다. 용케도 부모님은 할머니의 관심을 딴 데로 돌리고 있지만, 할머니가 사실을 알게 되는 것은 시간문제였다.

매일 저녁 찬은 교회로 달려갔다. 찬은 맨 뒷자리 오른쪽 끝에 앉아 기도했다.

"형이 돌아오기만 한다면 무슨 일이든 다 할게요. 무언가를 잃어버린다고 해도 상관없어요. 제발 형만 돌아오게 해주세요."

찬이 기도하는 이유가 부모님이 걱정되고 할머니가 두려워서만은 아니었다. 찬도 형이 걱정되었다. 형이 그리웠다. 찬은 진심으로 형이 돌아오기를 바랐다.

아주 오랜 기간 찬은 교회로 달려가 기도했다. 어떤 날은 달아가 있었고, 어떤 날은 없었다. 언제나 같은 자리에 앉아 몸을 웅크리고 기도하던 달아가 어느 날부터인가 보이지 않았다.

아마도 기도가 이루어져서 엄마가 자리에서 일어났나 보다고 찬은 생각했다.

16. 달아

달아는 한동안 교회에 가지 않았다. 배신감 때문이었다. 주민센터에 신고해서 사회복지사와 공무원을 보낸 사람이 옆집 아줌마라는 것을 알게 되었다. 다른 누구도 아닌 옆집 아줌마가 어떻게 그럴 수 있단 말인가.

"지금은 네가 이해하기 힘들겠지만, 다 너희를 위해서 그런 거야. 내가 너희를 두고 떠날 생각을 하면 도무지 잠이 안 와."

아줌마는 변명도 당당하게 했다.

결국 아줌마 마음 편하자고 한 거잖아요,라고 당돌하게 따지고 싶었지만 달아는 말을 삼켰다.

대신 다시는 교회에 가지 않겠다고 으름장을 놓았다. 어차피 하나님에게도 몹시 화가 난 상태였다. 그토록 간절히 기도했는데 어떻게 이리 배신할 수 있단 말인가. 이제는 더 이상 목사님의 설교도 듣고 싶지 않았다. 그동안 헛수고한 걸 생각하니 머리끝까지 화가 치솟았다.

한번 화가 나기 시작하자 분노가 걷잡을 수 없이 활활 타올랐다. 그동안 꾹꾹 눌러 가슴속에 묻어두었던 불만이 한꺼번에 터져버린 것만 같았다. 달아는 옆집 아줌마와 마주쳐도 인사하지 않았다. 유지를 씻기지도 재우지도 않았다. 유지가 칭얼대면 버럭 화를 냈다. 유지가 깜짝 놀라 울음을 터뜨리면 집을 나와버렸다.

성적이 오르건 말건, 꿋꿋하게 해오던 공부도 때려치웠다. 달아가 희망이라고, 그러니 열심히 공부하라던 아줌마의 말 따윈 듣기 싫었다. 더 이상 가짜 희망에 속고 싶지 않았다.

아무것도 달아가 원하는 대로 이루어진 것이 없었다. 어른들은 하나같이 잔인했다. 모든 희망이 사라졌다.

학교에서도 달아는 말이 없었다. 친구들과 이전처럼 수다를 떨고 싶지 않았다. 달아는 쉬는 시간이면 조용히 교실을 나왔다. 운동장을 배회하거나 아무도 지나지 않는 후미진 곳을 찾아 멍하니 앉아 있었다.

그러한 시간은 오래가지 못했다. 친구들이 달아를 찾아내버린 것이다.

"찾았다, 윤달아!"

친구 셋이 우르르 달려왔다.

"이렇게 꼭꼭 숨으면 못 찾을 줄 알았지? 넌 우리를 너무 과소평가한 거야."

그중 하나가 깔깔 웃으며 말했다.

달아는 너무 당황해서 얼어붙어버렸다.

"달아야, 무슨 일 있어? 요즘 부쩍 말수도 적어지고…… 혹시 우리한테 서운한 거 있니?"

다른 친구가 달아의 손을 잡으며 물었다.

"그런 거 아니야."

달아가 겨우겨우 희미한 미소를 지으며 말했다.

그런데 또 다른 친구가 달아를 유심히 살펴보고 있었다. 이다은이었다. 달아는 본능적으로 이상한 기류를 감지했다.

다은의 시선은 달아가 입고 있는 셔츠에 꽂혀 있었다. 2주 전에 동네 할머니가 성당 바자회에서 헐값에 사다 준 하얀 셔츠. 다른 부분은 다 깨끗한데 칼라 밑에 선명하게 청보라색 작은 얼룩이 세 개, 꽃잎처럼 찍혀 있었다.

다은이 성당에 다닌다고 했었지.

달아의 심장이 마구 뛰기 시작했다. 다은이 고개를 천천히 들더니 달아의 얼굴로 시선을 돌렸다.

그때 기적처럼 저 멀리 어딘가에서 찬이 나타났다. 달아는 다은과 당당히 눈을 맞췄다.

"너, 성찬 소문 들은 적 있어?"

달아가 작고 은밀한 목소리로 말했다.

"소문?"

다은의 눈빛이 한순간에 달라졌다.

네 아이의 시선이 일제히 찬을 향했다. 시선을 의식한 찬이 멋쩍게 웃으며 달아에게 손을 흔들었다. 달아도 찬에게 손을 흔들었다.

"무슨 소문인데?"

찬이 시야에서 사라지자, 다른 아이가 다그치듯 물었다.

다은은 좀 혼란스러워 보였다. 호기심과 불안이 반반 섞인 표정이었다.

"그게 말이야……"

"야, 뜸 들이지 말고 빨리 말해봐. 너 이래 놓고 별거 아니면 죽는다."

달아는 잠시 망설였다. 찬에게 무언가 덜 치명적인 비밀은 없는 걸까.

"그 소문…… 진짜야?"

또 다른 아이가 물었다.

"입양아?"

다은의 눈이 동그래졌다.

"응. 교회 앞 베이비박스에 버려졌던 아이."

달아가 고개를 끄덕이며 말했다.

"꺄악!"

여자애 세 명이 동시에 소리를 질렀다.

점심시간이 끝났음을 알리는 종이 울렸다. 아이들은 교실을 향해 전력으로 질주했다. 함께 달리던 달아는 슬그머니 걸음을 멈췄다. 햇빛이, 아주 뜨거운 햇빛이 달아의 정수리 위로 매섭게 꽂혔다. 운동장 한복판에 서서 달아는 눈을 질끈 감았다.

불현듯 엄마 생각이 났다. 엄마도 이런 기분일까. 세상으로부터 영원히 숨어버리고 싶은 마음? 달아는 그토록 끔찍하게만 여겼던 엄마의 깊고 깊은 동굴에 들어가 문을 잠그고 싶은 생각이 들었다.

학교가 파한 후 달아는 교회에 갈까 생각했다. 교회로 가면 찬을 만날 수 있을 테고 찬에게 용서를 빌 수 있을 것이다.

찬은 화를 내고 원망하겠지. 깊은 상처를 받겠지. 학교에 다니는 것이 두렵겠지. 하지만 찬은 용서해줄지도 모른다. 진심으로 사과하면 받아줄지도 모른다. 찬은 너그러운 아이니까.

그러나 달아는 찬을 마주할 용기가 나지 않았다. 달아는 교회가 아닌 집을 향해 걸었다. 발걸음을 뗄 때마다 가슴속에 돌멩이가 하나둘 차오르는 것 같았다.

열쇠를 돌리는데 문이 덜컥 열렸다.

"이제 오니?"

엄마가 문을 열어주었다.

"엄마?"

두 눈이 휘둥그레진 달아에게 엄마는 씨익 웃어 보였다. 마치 달아가 집에 돌아오면 언제나 그렇게 문을 열어주었던 사람처럼. 언제나 그렇게 친근한 미소를 보냈던 것처럼. 그동안 계속 달아를 지켜보고 있었던 사람처럼.

달아는 도무지 믿기지 않았다. 하룻밤 사이에 도대체 무슨 일이 일어난 것일까?

놀라운 일은 거기서 그치지 않았다. 식탁 위에 엄마가 준비해놓은 간식이 차려져 있었다. 딸기잼을 바른 빵을 우유와 함께 먹으며 달아는 엄마의 안색을 살폈다.

곧게 빗어서 뒤로 단정히 묶은 머리. 엷게 바른 붉은 립스틱. 근래에는 입은 적 없던 외출복.

"엄마 어디 가?"

"너랑 유지도 함께 갈 거야."

엄마가 떠듬떠듬 말했다.

"어디로?"

엄마는 대답하지 않았다.

달아는 집 안의 공기가 이전과 다르다는 것을 감지했다. 거실에 널브러져 있던 술병이 보이지 않았다. 아침에 달아와 유지가 벗어놓고 간 잠옷, 유지가 어질러놓은 장난감, 그림을 그리다 만 스케치북도 어디로 갔는지 보이지 않았다. 물기가 아직 마르지 않은 식기들이 건조대 위에 가지런히 놓여 있었다.

가슴이 설렜다. 정말 달아의 기도가 현실로 이루어진 것일까? 엄마는 이제 죽지도 않고, 아프지도 않고, 누워 있지도 않고, 술을 마시지도 않게 된 것일까?

그 순간, 달아의 눈에 들어온 의외의 물건이 있었다. 커다란 여행 가방 두 개.

"우리 어디 멀리 가?"

달아가 엄마의 얼굴을 물끄러미 바라보며 물었다.

"아마도."

엄마는 알 듯 모를 듯한 대답을 남기고는 또 입을 꾹 다물었다.

"설마 여행 가는 거야?"

"여행 가고 싶니?"

엄마가 희미하게 웃었다.

여행도 아니면 뭐지? 엄마는 왜 갑자기 스무고개 수수께끼를 하는 걸까?

하지만 달아는 시간을 끌어주는 엄마의 방법이 싫지 않았다. 어쩐지 마지막에 기다리고 있을 정답은 매우 실망스러울 것 같았고, 그렇다면 되도록 늦게 도달하고 싶었다.

달아는 다시 묻기 시작했다.

"오랫동안 가 있는 거야?"

"아마도."

"1주일?"

"더 오래……"

"보름?"

"더……"

"한 달?"

"조금 더……"

"그렇게나 오래? 학교에 안 가도 괜찮아?"

"곧 방학이잖아. 어쩌면 전학 가게 될지도 모르고……"

전학 갈지도 모른다고?

'전학'이라는 말을 듣는 순간, 달아는 찬을 떠올렸다. 찬을 더 이상 보지 못한다는 생각에 여러 가지 감정이 한꺼번에 몰려왔다.

이렇게 갑자기 찬과 헤어진다고?

찬은 지금껏 달아가 속마음을 털어놓을 수 있던 유일한 친구였다. 찬과 함께 있으면 어쩐지 든든했다. 찬은 믿을 수 있었고, 언제든 달아의 편이 되어줄 것 같았다.

하지만 앞으로도 그럴 수 있을까? 찬의 비밀을 폭로해버린 것을 알게 된다면 찬은 어떻게 나올까? 달아는 몸서리를 쳤다. 찬을 마주하는 것이 세상 무엇보다 두려웠다.

그래서였다. 얼마 후 엄마가 달아와 유지의 손을 붙잡고 먼 길을 떠날 때, 더 이상 아무것도 묻지 않고 묵묵히 따라나선 이유는.

달아네 가족을 태운 택시가 마을을 서서히 빠져나갔다.

태어나서 지금까지 살았던 동네. 그곳에 새겨진 삶의 흔적들이 하나둘 멀어져갔다.

엄마를 기다리던 밤, 아줌마의 등에 업혀 들었던 찬송가 가락.

지친 몸으로 돌아온 엄마가 달아의 손에 쥐여준 초콜릿 하나.

잠결에 들었던 엄마의 흐느낌.

아침에 일어나면 줄지어 세워져 있던 푸른 빛깔 소주병들.

환하게 웃으며 달아를 안아주던 새아빠와의 첫 만남.

행복을 꿈꾸며 설렜던 밤들.

신나서 돌아가던 엄마의 재봉틀 소리.

바람이 불면 하늘하늘 춤을 추던 잔꽃 무늬 커튼.

엄마와 똑같은 원피스를 입고 새아빠를 마중 나갔던 저녁의 노을.

유지가 태어난 날, 신기하기만 했던 갓난아기의 발가락.

새아빠를 추궁하던 엄마의 날카로운 목소리.

처음 엄마를 때렸던 날, 엄마 앞에서 무릎 꿇고 울던 새아빠의 모습.

다시 잠결에 들었던 엄마의 흐느낌.

다시 줄지어 세워지던 소주병들.

유지의 귀를 막아주어야 했던 낮과 밤.

차갑게 뒤돌아서던 새아빠의 뒷모습.

모든 순간이 낱장의 사진이 되어 하나씩 하나씩 날아갔다.

그리고 붉은 벽돌의 교회, 남겨진 한 장의 사진.

그곳에서 간절하게 기도했던 시간.

저쪽 어딘가에 교회가 있고, 찬이 있었다.

달아가 탄 택시가 그곳으로부터 점점 더 멀어져만 갔다.

이상했다. 아이들이 찬을 힐끔거렸다. 자기들끼리 귓속말을 하고 수군수군했다. 다른 반 아이들이 복도 창문 너머로 찬을 보고 갔다. 찬은 자신에게 쏠린 관심을 의식하기 시작했다. 하지만 도무지 이유를 추측할 수 없었다.

찬에게 생긴 변화란 아무것도 없었다. 적어도 학교생활에 있어서는. 찬은 늘 그랬듯이 조용했다. 성적은 늘 상위권이었고, 특히 수학과 과학에서 뛰어났지만 그것을 알고 있는 사람은 담임선생님과 담당 과목 선생님들뿐이었다. 찬은 언제나 문제를 일으키지도 문제에 휘말리지도 않는, 남에게 관심을 받지도 주지도 않는 존재감이 적은 학생이었다. 특별히 친한 친구도 없고 적도 없었다. 그래서 누군가를 붙잡고 지금 돌아가는 상황에 대해 물을 수도 없었다.

그런데 얼마 못 가서 궁금증이 저절로 풀렸다. 한 아이가, 키가 제일 크고 힘도 제일 세고 아이들에게 군림하길 좋아하며 선생님들에게도 무례하기 짝이 없는 아이가 찬에게 다가와 물었다.

"너, 버려진 아이라며?"

　처음에 찬은 그 말이 무슨 의미인지 알아채지 못했다. 그래서 주저하는 사이, 그 애가 다시 물었다.

"네 친부모가 너를 버렸다며?"

　이번에는 그 의미를 분명히 알았지만 뭐라고 대꾸해야 할지 떠오르지 않았다. 머릿속이 갑자기 하얗게 변해버렸다.

"귓구멍이 막혔냐? 그래서 버려진 거냐?"

　그 애를 따르는 무리가 낄낄대며 웃는 소리가 교실을 왕왕 울렸다. 뒤이은 아이들의 웅성거림 속에서 찬을 동정하는 탄식이 흘러나왔다. 두 소리 모두 찬은 달갑지 않았다.

"보자 보자 하니까 이 새끼가 정말 내 말을 무시하네. 버려진 주제에."

　그 애가 찬의 머리를 휘갈겼다. 찬이 휘청거렸다. 그 애가 다시 찬의 뺨을 내리쳤다. 찬은 또 휘청였다. 녀석의 매운 손길이 스쳐간 곳이 얼얼했다.

"담임 온다!"

　문가에 앉아 있던 아이가 소리쳤다.

"앞으로 똑바로 해!"

　그 애가 험상궂은 표정으로 경고를 날리고는 맨 뒤 제자리로 돌아졌다.

수업이 시작됐지만, 찬은 아무 말도 듣지 못했다. 지금껏 떠올려본 적 없는 의문들이 머릿속을 어지럽혔다.

버림받았다는 것은 맞아야 할 이유가 되는 건가?

나를 낳은 사람들은 왜 나를 버렸을까?

나에겐 버려져야 할 만큼 치명적인 결함이 있었던 걸까?

찬은 명치끝에 날카로운 통증을 느꼈다.

그런데 내가 버려진 아이라는 것을 어떻게 알게 되었을까?

수업이 어떻게 흘러갔는지 전혀 의식하지 못했다. 수업이 끝나고 선생님이 교실을 나갔다. 찬은 쉬는 시간 내내 엎드려 있었다. 다시 수업 종이 울리고 새로운 수업이 시작되고 끝났다. 찬의 귓가에는 아무 소리도 들려오지 않았다. 찬은 오직 한 가지 생각에 빠져 있었다.

달아가 말했을까? 설마, 아니겠지, 아닐 거야.

머리를 흔들며 찬은 부인했다.

하지만 요즘 달아의 모습이 보이지 않는 것도 이상했다. 학교에서도 교회에서도 찾아볼 수 없었다. 찬의 의심은 점점 확신이 되어갔다.

불행한 일은 겹쳐서 일어났다. 집에 돌아오니 할머니가 와 있었다. 문을 열고 들어오는 찬을 향해 할머니가 소리쳤다.

"이게 다 저놈 때문이다. 굴러든 돌이 박힌 돌을 빼낸다더니! 내가 언젠가 이런 사달이 날 줄 알았다."

"어머니! 제발 그만 좀 하세요! 그만 좀 하시라고요!"

엄마가 할머니를 향해 울부짖었다.

찬은 뒷걸음쳐 다시 집으로부터 멀리 달아났다. 찬은 교회를 향
해 정신없이 달렸다. 숨이 턱밑까지 차올랐다.

푸르스름한 어둠 속에 교회 건물이 고즈넉하게 서 있었다. 그날
의 교회는 어딘가 낯설어 보였다.

교회 앞에서 찬은 허리를 꺾은 채 헐떡이며 숨을 골랐다. 땀과
눈물로 얼굴은 엉망이었다.

찬은 묵직한 문을 밀고 안으로 들어갔다. 언제나 그렇듯 맨 뒷자
리 오른쪽 끝에 털썩 주저앉았다.

"제발 형이 돌아오게 해주세요."

찬은 힘없이 읊조렸다.

"제발, 제발 이것만이라도 좀 들어달라고요!"

찬은 성이 나서 고함을 질렀다.

누군가를 향해 찬이 소리 지른 것은 이번이 처음이었다. 아주
오랫동안 가슴속에 꾹꾹 누르고 있던 응어리가 터져버린 것만 같
았다.

찬은 두 손에 얼굴을 파묻었다. 한참을 울고 난 찬이 고개를 들
었을 때, 달아가 항상 기도하던 자리가 눈에 들어왔다.

그곳에 달아는 없었다. 도망치듯 그 애는 떠나버렸다. 사과 한
마디 없이. 사과라도 했더라면…… 그랬더라면……

찬은 달아에 대한 분노를 해결할 길을 잃어버린 채 미로에 갇힌 것만 같았다.

3장

세렌디피타스

18. 달아

택시는 두 시간도 넘게 달렸다. 이정표에 적힌 지역의 명칭이 여러 번 바뀌는 것을 지켜보았다. 유지는 놀이공원이라도 가는 아이처럼 신이 나서는 연신 엉덩이를 들썩거리고 노래를 흥얼거렸다. 엄마는 아무 말도 없이 유지의 손을 꼭 잡고 있었다. 달아는 창밖을 보다가 엄마를 보다가 유지를 보았다. 세 사람이 이렇게 먼 곳에 가기는 처음이었다. 달아는 지금 어디에 가는 거냐고 묻기가 겁났다.

엄마는 깊은 생각에 잠겨 있었다. 이따금 엄마의 입술 사이로 한숨이 새어 나왔다. 하지만 곧 마음을 다잡듯 입을 꼭 다물었다. 엄마는 무언가 굳은 결심을 한 게 분명했다.

마침내 택시가 멈춘 곳은 아주 낯선 동네였다. 3층 높이의 이국적인 건물 여러 채가 일정한 간격을 두고 세워진 작은 주거 단지였다. 밖으로 울타리가 쳐져 있는 청록색 철제 정문 앞에는 '세렌디피타스 타운하우스'라는 팻말이 붙어 있었다. 전체적으로 세월의 흔적이 느껴졌지만, 낡았다기보다 고풍스러운 분위기를 풍겼다.

"엄마, 여기가 어디야?"

달아가 묻고 싶은 말을 유지가 먼저 물어주었다. 엄마는 머뭇거리며 대답을 주저하고 있었다.

저기서 달아네 가족을 본 경비 아저씨가 잰걸음으로 다가왔다.

"108동 303호를 찾아왔는데요."

엄마가 작은 목소리로 중얼거렸다. 매우 자신이 없어 보였다.

"108동 303호면…… 그 사모님을 찾아오는 사람은 흔치 않은데…… 잠깐 기다려보슈."

경비 아저씨는 경비실로 들어가 인터폰을 연결했다. 잠시 뒤 아저씨가 다시 나왔다.

"저쪽으로 쭉 가면 108동이 나올 거예요."

아저씨가 문을 열어주며 말했다.

달아네 가족은 아저씨가 가리킨 방향을 따라 정원을 가로질러 갔다. 울타리 안쪽으로 키가 큰 나무들이 일정한 간격으로 서 있었다. 탐스럽게 잎을 드리운 나무들이 울창했다. 오래전엔 잔디가 찬란하게 펼쳐지고 계절마다 색깔을 바꿔가며 꽃을 피웠을 정원은 듬성듬성 남아 있는 잔디와 끈질긴 생명력을 자랑하는 잡초가 군데군데 섞여 있을 뿐, 돌 징검다리가 박힌 자리를 제외하고는 맨바닥을 드러내고 있었다.

108동은 가장 뒤쪽이었다. 그 옆으로 작은 놀이터가 있었다. 놀이터에는 오래된 그네와 미끄럼틀만 덜렁 옹색하게 놓여 있었다. 담쟁이덩굴 밑으로 낡은 벤치 두 개가 마주 보고 있었다.

놀이터를 발견한 유지가 달려가려고 하자, 엄마가 손을 꼭 붙들었다.

"조금 있다가."

엄마의 목소리가 흔들렸다. 눈빛도 초조해 보였다. 덩달아 겁이 난 달아는 아무것도 묻지 않은 채 엄마를 따라 건물 안으로 들어갔다.

3층 건물 안에는 엘리베이터가 없어서 엄마와 달아가 큰 여행 가방을 하나씩 들고 힘겹게 계단을 올랐다. 가방은 생각했던 것보다 훨씬 더 무거웠다. 303호 앞에 도달하자 엄마는 숨을 골랐다. 그리고 달아와 유지를 한 번씩 돌아보고는 한숨을 푹 쉬었다. 잠시 멈춰 있던 엄마는 긴 호흡과 함께 벨을 눌렀다.

기다리고 있었다는 듯 바로 문이 열렸다.

"달아야, 인사드려. 친할머니셔."

엄마가 말했다.

문을 열어준 사람은 독특한 분위기를 풍기는 나이 든 여자였다. 고급스러운 감색 원피스를 입고, 화려한 문양의 스카프를 두르고, 단정하게 빗어 올린 머리카락을 진주 박힌 핀으로 단단히 고정하고 있었다. 지금껏 주위에서 한 번도 보지 못한 부류의 사람이어서 나이를 짐작하기 어려웠다. 무엇보다도 '친할머니'라는 호칭이 낯섰다.

친할머니라고? 아빠의 얼굴도 모르는 나에게 친할머니가 있었다고? 멍하니 서 있는 달아를 재촉하듯 엄마가 쿡쿡 찔렀다.

"안녕하세요. 저는 유지예요."

정작 인사를 건넨 것은 달아가 아니라 유지였다. 유지는 시키지도 않았는데 특유의 귀여운 미소를 날리며 매력을 발산했다.

"그래. 먼 길 오느라 수고했다."

친할머니라고 하는 나이 든 여자가 상기된, 그러나 차분한 목소리로 대답했다.

목소리도 말투도 여느 할머니들과는 좀 다르다고 생각했다.

친할머니가 이끄는 대로 다 같이 거실로 들어갔다. 달아가 살던 집보다 세 배는 커 보였다. 주방에서 앞치마를 두른 아주머니가 나와 나란히 앉은 달아네 가족 앞에 유리잔을 내려놓았다. 초록색 매실 향이 은은하게 퍼졌다.

"이 애가……"

엄마가 달아를 가리키며 말문을 열었다.

"닮았구나."

달아를 유심히 살펴보며 할머니가 말했다.

"이 애들은 알고 있니?"

"아직……"

엄마가 고개를 푹 숙였다.

"정말 두 아이 모두 받아주실 건가요?"

엄마가 떨리는 목소리로 물었다.

할머니가 달아에게서 유지에게로 시선을 돌렸다.

"아무래도 그러는 편이 나을 것 같구나."

도대체 지금 두 사람은 무슨 말을 하고 있는 것인가. 영문도 모른 채 달아는 심장이 쿵 내려앉았다.

"네 아빠가 네 엄마에게 진 빚이 있는 것 같구나. 안타깝게도 네 아빠는 지구 반대편에 있는 남미의 어딘가에서 살고 있단다. 그런데 마침 내가 네 아빠한테 진 빚이 있다. 그래서 네 아빠 대신 내가 빚을 좀 갚아주려 한다. 너희만 괜찮다면."

혼란스럽기만 한 달아에게 할머니가 한마디 한마디 힘을 줘가며 천천히 말했다. 그러나 할머니의 말도 이해가 안 되기는 마찬가지였다.

여행 가방 두 개를 할머니 집에 남겨놓은 채 엄마는 달아와 유지를 데리고 나왔다. 집을 나오면서 엄마는 몸을 낮춰 인사했다. 달아는 이토록 정중하고 진심 어린 인사는 처음 보았다.

엄마는 달아와 유지에게 인사하라는 말은 하지 않았다.

그제야 유지는 놀이터에 들어갈 수 있었다. 칠이 군데군데 벗겨진 낡은 미끄럼틀을 유지는 지치지도 않고 올랐다. 유지의 손에 녹물이 잔뜩 묻어날 것만 같았지만, 엄마는 말리지 않았다.

엄마와 달아는 담쟁이덩굴 밑 벤치에 나란히 앉아 유지를 바라보았다. 도대체 무슨 일이냐고 따져 묻고 싶었다. 하지만 입이 떨어지지 않았다. 할머니 앞에서 한없이 낮아지던 엄마의 모습이 계속해서 눈앞에 아른거렸다.

"네 이름이 왜 달아인 줄 아니?"

엄마가 뜬금없는 이야기를 꺼냈다.

대답을 기대하며 물은 건 아닌 것 같아, 달아는 묵묵히 다음 말을 기다렸다.

"네가 생겼던 밤에 창문으로 들어오던 하얀 달빛이 참 예뻤단다."

엄마는 눈을 가늘게 뜨고 오랜 기억을 더듬어갔다.

엄마와 아빠의 만남은 아주 짧았다. 그 짧은 만남에서 달아가 생겼고, 엄마도 아빠도 그 사실을 몰랐다.

아빠는 예정대로 유학을 떠났고, 엄마는 아빠와 닿을 방법도 몰랐지만 닿을 생각도 하지 못했다. 왜냐하면 엄마와 아빠는 부부가 될 만큼 깊은 관계는 아니었으니까.

달아는 엄마 배 속에서 아주 순했기 때문에 달아가 살고 있다는 사실을 한참 뒤에야 깨달았다. 그러나 달아를 혼자 키우는 일이 쉽지는 않아서 엄마는 많은 것을 포기해야 했다. 1년밖에 다니지 못한 대학 생활도, 패션 디자이너가 되고 싶었던 꿈도, 친구들과 어울릴 수 있는 자유로운 시간도.

외할머니는 일찍 돌아가셨고, 외할아버지는 재혼하면서 소원해지는 바람에 엄마는 달아와 단둘이 살게 되었다.

시간이 지날수록 아빠에 대한 기억은 가물가물해지고 함께한 사진 한 장도 없었지만, 달아의 반달 모양 눈과 입매가 아빠를 닮았다고 생각했다.

그리고 한 가지, 잊지 않았던 게 아빠가 자신의 엄마, 즉 할머니에 대해 했던 말이었다. 아빠는 서점의 진열대에 세워져 있는 책을 가리키며, 저 작가가 자기 엄마인데 지독하게 자기중심적인 사람이니 저런 사람의 책은 절대로 읽지 말라고 말했다.

아빠는 몹시 화가 나서 한 말이었지만 엄마는 아빠가 부러웠다. 화를 낼 엄마가 있다는 사실이. 꿈을 찾아 유학을 보내줄 부모가 있다는 사실이. 엄마는 매일 쉬지 않고 파트타임으로 일하며 학비를 모으고 용돈을 벌어야만 살 수 있었기 때문이다.

하지만 그때 무심코 본 그 책의 제목과 작가의 이름이 이렇게 요긴하게 쓰일 줄은 꿈에도 몰랐다고 했다.

엄마는 사회복지사의 권유대로 알코올의존증 치료센터에 입소하기로 했다. 하지만 달아와 유지를 아동보호 전문기관에 보내라는 권유는 듣지 않았다. 옆집 아줌마도 딸네 집으로 떠나서 막막해진 시점에, 엄마의 머릿속에 아주아주 오래전에 힐긋 보았던 할머니의 책과 이름이 떠올랐다. 엄마는 출판사에 전화를 걸어 할머니의 연락처를 물었다.

"무슨 일이시죠?"

출판사 직원이 묻자, 엄마는 아빠의 이름을 대면서 그가 전해달라는 것이 있다고 둘러댔다. 출판사 직원은 작가에게 연락처를 전달하겠다고 말했다. 휴대폰 벨이 울리길 기다리면서도 엄마는 기대하지 않았다. 할머니가 엄마의 말을 믿을 것 같지가 않았다. 그런 꿈같은 일은 TV 드라마 속에서나 가능하다고 생각했다.

그런데 정말로 휴대폰 벨이 울렸다.

"지훈이가 뭘 부탁했다고 하던데…… 정말 나한테 전할 게 있다고 하던가요?"

다소 흥분된 목소리가 들려왔다.

"저, 만나 뵙고 말씀드려도 될까요?"

엄마는 불안한 음성으로 말했다.

잠시 정적이 흘렀다. 아마도 엄마의 말을 믿어도 될까 고민하는 중인 것 같았다. 엄마는 다시 절박한 음성으로 말했다.

"꼭 만나야 해요."

그 절박함이 통했던 걸까. 할머니는 엄마를 만났고, 엄마의 이야기를 처음부터 끝까지 들었다. 자기중심적이라고 치를 떨던 아빠의 말과는 달리, 할머니는 엄마의 부탁을 들어주겠다고 흔쾌히 허락했다.

신기한 일이었다.

"기적이 일어난 것만 같았어. 내 인생에 첫 기적이……"

엄마는 두 손을 가슴에 얹고 감격에 젖은 듯 촉촉한 눈으로 달아를 바라보았다.

달아는 그런 엄마의 모습이 이해가 안 되었다. 이토록 낯선 곳에, 한 번도 만난 적 없는, 아니 존재조차 알지 못했던 할머니에게 자신과 유지까지 맡기고 떠나려는 사람이 어떻게 저렇게 태평할수 있을까. 그것도 아빠에 대한 이야기를 풀어놓자마자…… 달아는 아직 아빠에 대한 정보도 정리되지 않았는데…… 어떻게 이런 말도 안 되는 상황을 기적이라고 할 수 있을까.

혼자서도 잘 놀던 유지가 달려와 엄마에게 안겼다.

"우리 유지, 착하지? 엄마가 데리러 올 때까지 누나랑 여기서 잘 지내고 있어."

"엄마 언제 오는데?"

"유지가 잘 지내고 있으면 더 빨리 올 거야."

엄마의 말이 뻔뻔스러운 협박처럼 들려서 달아는 엄마를 향해 눈을 흘겼다.

달아는 어떻게 엄마는 엄마 생각만 하냐고, 우리 생각은 하나도 안 하냐고 따지고 싶었다. 그럴 거면 왜 우리를 낳았냐고, 어떻게 이렇게 무책임하냐고 따지고 싶었다. 내가, 아니 어린 유지가 불쌍하지도 않냐고 묻고 싶었다. 하지만 아무 말도 하지 못했다. 어떤 말로도 엄마의 마음을 바꿀 수 있을 것 같지 않았다.

한편으론 엄마의 이야기를 다 듣고 나니 엄마가 불쌍했다. 엄마의 삶은 달아를 낳기 이전에도 외롭고 힘들었지만, 달아를 낳으면서 더 힘들어졌던 것이다. 달아를 키우기 위해 엄마가 포기해야 했던 것들이 달아의 마음을 아프게 했다.

"응, 엄마. 누나 말도 잘 듣고 그 할머니 말도 잘 듣고 있을 테니까 빨리 와."

유지는 엄마가 오늘 밤이나 늦어도 내일 밤에는 돌아올 거라 믿는지 씩씩하게 대답했다.

하지만 정작 할머니 집에 여행 가방 두 개와 함께 달아와 유지만 남겨놓은 채 엄마가 떠나고, 그 뒤로 현관문이 묵직한 소리를 내며 굳게 닫히자 유지는 긴 울음을 터뜨렸다.

저녁이 지나고 밤이 되어도 유지의 울음은 좀처럼 그치지 않았다.

19. 찬

우혁.

찬을 괴롭히는 아이의 이름이었다. 이전에 찬은 우혁의 이름조
차 알지 못했다. 찬은 교실에 있는 아이들 대부분에게 무심했다.
그런데 이제 우혁은 죽을 때까지 잊지 못할 이름이 되었다.

찬은 도무지 이해할 수가 없었다. 자신이 베이비박스에 버려진
아이라는 사실이 왜 우혁의 타깃이 되어야 하는지.

이유도 모른 채 찬은 우혁에게 시도 때도 없이 괴롭힘을 당하고
매를 맞고 협박을 받았다. 찬은 그동안 통장에 차곡차곡 저금해두
었던 돈을 우혁에게 조금씩 조금씩 상납했다.

"네가 지금처럼 협조만 잘하면 아무 문제 없을 거다."

우혁이 빈정거리며 습관처럼 찬의 머리를 때렸다. 화가 났을 때
도 기분이 좋을 때도 우혁은 찬을 때렸다. 타격에 강도의 차이는

있지만 자존심이 상하기는 마찬가지였다.

"네 가짜 부모도 네가 맞고 다니는 걸 알고 있냐?"

우혁의 무리 중 하나가 말했다.

그들은 찬의 약점을 너무나 잘 알고 있었다. 찬은 무슨 일이 있어도 부모님께만은 알리고 싶지 않았다.

"하긴, 안다고 뭐가 달라지겠냐?"

다른 아이가 말했다.

"지질한 놈 도로 갖다 버릴지도 모르지."

또 다른 한 명이 낄낄거리며 말했다.

"근데 갓난아기는 베이비박스에 버린다고 하지만, 너처럼 다 큰 애는 어디다 갖다 버리냐? 구겨서 넣으면 들어가냐?"

이번엔 모두가 웃음을 터뜨렸다.

찬은 이를 악물고는 모멸감을 견뎠다.

"찬아, 요즘 힘든 일 있니?"

어느 날 엄마가 찬의 안색을 살피며 물었다.

"아니요, 아무 일도 없어요."

"아무 일 없는 거 맞아?"

엄마는 좀더 유심히 찬을 살폈다.

찬은 엄마가 멍 자국이나 상처라도 발견할까 봐 고개를 돌렸다.

"형은 아직 소식 없지요?"

찬은 조심스럽게 입을 열었다.

"아직……"

엄마가 한숨을 쉬었다.

"무심한 놈…… 온 식구가 다 제 걱정하는지도 모르고."

엄마가 창밖으로 시선을 던졌다.

"어디서 밥은 굶고 다니지는 않는지……"

"돌아올 거예요, 엄마."

찬은 엄마의 손을 잡고 힘주어 말했다.

"그래, 그래야지."

엄마가 옅은 미소를 지었다.

형이 집을 나간 지 일곱 달이 지났다.

겉보기에는 일상을 되찾은 것처럼 보였다. 아빠는 예전처럼 만두를 빚고 가게를 운영했다. 엄마는 집 안을 깨끗하게 유지하고 때맞춰 식사를 준비했다. 찬은 학교에 다녔고 밤늦게까지 공부했다. 일요일이면 세 사람 모두 교회에 갔다. 이따금 형의 안부를 묻는 사람도 있었으나, 대체로 침묵으로 예의를 지켰다.

아빠도 엄마도 찬도 형에 대한 이야기는 좀처럼 꺼내지 않았다. 형은 금기어가 된 것 같았다. 하지만 찬은 느끼고 있었다. 보이지 않는 형의 존재감이 찬의 존재감보다 더 크다는 것을.

찬은 성적표가 나와도 부모님께 보여드리지 않았다. 새 신발이 필요해도 말하지 않았다. 감기 기운을 느껴도 그냥 이불을 푹 뒤집어쓰고 잠을 잤다. 과학고에 지원해보지 않겠느냐는 담임선생님의 말도 전하지 않았다.

철없이 엄마에게 조르고 아빠에게 대들던 형의 목소리가 사라지자, 집 안은 평화로운 게 아니라 적막해진 것 같았다. 큰 소리로 떠드는 사람도, 호탕하게 웃는 사람도, 실없는 농담을 던지는 사람도, 핀잔을 주는 사람도 없었다.

엄마도 아빠도 찬도 서로를 배려하고 존중하려고 애썼지만, 메워지지 않는 큰 구멍이 뚫린 것 같았다. 그 구멍으로 빠져나간 것은 다름 아닌 활기였다.

여전히 찬은 학교가 파하면 교회로 갔다. 텅 빈 교회를 감싸고 있는 적막을 뚫고 찬의 기도 소리가 나지막이 퍼졌다.

"형이 돌아오게 해주세요. 형만 돌아오게 해주시면 다 참을게요. 더 이상 아무것도 바라지 않을게요."

찬은 우혁이 자신을 그만 괴롭히게 해달라는 기도는 하지 않았다. 우혁에게 벌을 내려달라는 기도도 하지 않았다.

억울하게 당하는 고통을 참으면, 오히려 신이 감동해서 자신의 기도에 더 빨리 응답해줄지도 모른다고 생각했다.

20. 달아

　달아는 거실 탁자 위에 놓인 사진들을 하나씩 하나씩 훑어보았다. 모두 같은 사람의 사진이었다. 어린아이 시절부터 어른이 된 후의 모습까지 앞뒤 두 줄로 차례대로 진열되어 있었다.

　"너와 눈과 입이 닮았지?"

　언제부터 달아를 지켜보고 있었던 건지, 등 뒤에서 할머니의 목소리가 들려왔다.

　실제로 사진 속 아빠의 얼굴에서 낯익은 부분을 쉽게 찾을 수 있었다. 그래서 내가 할머니의 손녀라는 말을 믿었던 거냐고 묻고 싶었지만, 차마 입이 떨어지지 않았다.

　"비교적 내 아들에 대한 기억이 정확했지. 아주 오래전 일이라지만, 네 아빠 되는 사람을 제대로 기억하고 있었어. 무엇보다도 나에 대한 원망과 분노를……"

할머니는 달아의 마음을 읽기라도 한 것 같았다.

"게다가 네 엄마가 나를 찾아왔을 때 몹시 절박해 보이더구나. 그 표정이 거짓으로 보이진 않았다. 하지만 그 자리에서 바로 승낙한 건 아니었다. 집으로 돌아온 후에도 사진에서 본 너와 유지의 얼굴이 머릿속을 맴돌았어. 시간이 지날수록 더 선명해졌지."

"유지도요?"

"응, 그 애도. 그 애는 너와 묘하게 닮았더구나."

달아는 아빠도 이 사실을 알고 있느냐고 묻고 싶었다. 왜 아빠는 보이지 않는 거냐고도. 하지만 '아빠'라는 단어가 선뜻 입 밖으로 나오지 않았다. 유지의 아빠였던 새아빠에게는 서슴지 않고 불렀던 호칭임에도 불구하고. 그런데 이번에도 할머니는 달아의 마음을 읽었다.

"네 아빠가 어디 있는지 궁금하겠지."

달아는 마음을 들켰다는 생각에 얼굴이 붉어졌다.

"네 아빠는 네가 세상에 태어나기도 전에 유학을 떠나서 돌아오지 않았단다."

할머니의 말을 듣는 순간, 달아의 가슴속에 무언가가 쿵 떨어졌다. 아빠를 만날 거라고 기대하지 않았다고 생각했는데, 갑자기 그 희망이 사라지자 실망이 덮쳐왔다.

"그렇다고 낙심할 필요는 없다. 연락할 방법이 없는 것은 아니니까. 어쩌면 너를 만나기 위해 나를 찾아올지도 모르겠구나."

할머니가 알 수 없는 미소를 지었다.

할머니 집에는 방이 네 개 있었다. 할머니가 침실로 사용하는 큰 방과 책꽂이가 세 벽면을 두른 서재, 옷과 가방이 깔끔하게 정리되어 있는 드레스룸 그리고 또 다른 방 하나.

"마침 알맞은 방이 있단다. 이 방은 내 집을 방문한 손님을 위한 곳이지."

방문을 열자 산뜻한 향기가 퍼져 나왔다. 창밖에는 잎이 무성한 나무 몇 그루가 나란히 서 있고, 창문에는 나뭇잎 무늬가 박힌 커튼이 걸려 있어서 마치 숲속에 들어와 있는 듯한 느낌을 주었다. 방 안에는 침대와 책상, 서랍장, 나무 모양의 행거가 하나씩 가지런히 놓여 있었다. 모든 것이 아직 아무도 사용한 적 없는 것처럼 정결했다.

"16년 전에 게스트룸을 만들었지만, 너희가 첫 손님이 될 줄은 몰랐구나."

16년 전이라면, 아빠가 떠났다는 그해가 아닐까? 그렇다면 이 방은 아빠를 위한 방일까? 할머니는 아빠를 계속 기다려왔던 걸까? 할머니는 정말 달아를 통해 아빠를 다시 불러들일 기대를 하는 걸까?

"달아는 나를 도와서 짐을 좀 옮겨야겠다."

할머니의 말에 달아는 상념에서 깨어났다.

두 개의 커다란 가방을 열어본 할머니는 한숨을 푹 쉬었다.

"내일은 옷가지를 좀 사러 나가야겠다."

가방을 다시 닫으며 할머니가 말했다.

"이 방이 너희 둘이 사용하기에는 조금 작을지도 모르겠구나. 하지만 엄마가 곧 돌아올 테니 그동안 사용하기에는 괜찮을 거다."

그러나 엄마는 돌아오지 않았다. 여름방학이 끝나가고 있었다. 엄마에게서 3주가 넘도록 연락이 없자, 할머니는 달아를 전학시켰다. 달아는 새로운 학교에, 유지는 새로운 유치원에 다니게 되었다.

석 달이 더 지나도 엄마가 오지 않자, 할머니는 드레스룸의 옷과 가방을 모조리 치워버리고 유지를 위한 방을 만들어주었다. 그즈음 밤마다 엄마를 기다리던 유지의 칭얼거림이 그쳤다. 할머니는 유지를 위해 자동차 모양 침대를 놓아주었다. 달아는 유지가 좋아하는 공룡 인형을 사다가 머리맡에 올려주었다.

그렇게 해서 할머니의 집에는 누군가로부터 남겨지고 누군가를 기다리는 세 사람이 함께 살게 되었다. 시간이 지나면서 그들은 자신들이 누군가를 기다리고 있다는 사실을 문뜩문뜩 기억해냈다. 그 외의 시간에는 잊고 있었던 것이다.

이따금 달아는 안전하다고 느꼈다. 평화롭다고 느낀 적도 있었다. 달아는 게스트룸이었던 방에 자신의 흔적을 만들기 시작했다. 할머니가 준 용돈으로 진노랑 알람 시계를 사고, 좋아하는 아이돌의 브로마이드도 사다 붙였다.

어느 날 학교에서 돌아와보니, 드레스룸에 있던 전신 거울이 달아의 방으로 옮겨져 있었다. 이국적이고 고풍스러운 문양의 테두리가 늘 멋지다고 생각했던, 할머니 집에서 가장 탐나는 물건이었다.

달아는 고맙다고 말하는 대신 할머니를 보며 씽긋 웃었다. 할머니도 씽긋 웃고는 아무 말도 하지 않았다. 그리고 나니 진짜 가족 같은 느낌이 들었다.

학교에서 돌아올 때마다 청록색 철제 정문 앞에 붙어 있는 '세렌디피타스 타운하우스'라는 팻말이 달아의 시선을 끌었다. 인터넷에서 찾아보니 세렌디피타스는 '뜻밖의 행운'이라는 뜻이었다.

21. 찬

평소와 다름없는 하루였다. 엄마는 정해진 시간에 일어나 아침 식사를 준비하고, 아빠는 새벽 시장에 나간 뒤였다. 찬은 늦잠을 잤다. 새벽까지 시험공부를 하느라 잠을 설친 까닭이었다. 찬은 먹는 둥 마는 둥 식사를 끝내고는 가방을 둘러메고 신발을 꿰신었다.

그런데 문을 여는 순간, 세상이 완전히 변해버렸다.

"학교 가냐?"

익숙한 목소리가 들려왔다.

찬이 고개를 돌려 바라본 곳에 형이 서 있었다.

"자식, 하나도 안 크고 뭐 했냐?"

너무나 아무렇지도 않은 목소리로 형이 말했다.

찬은 너무 놀라서 우두커니 서 있었다.

형. 정말 형이 왔다. 그토록 오랫동안 간절히 바랐던 일이 이루어졌다. 그런데 웬일인지 아무 말도 나오지 않았다. 숨이 턱 막힌 것만 같았다.

"형……"

"그래, 인마. 형이다."

형이 찬의 어깨를 툭 쳤다.

"누가 왔니?"

인기척을 느낀 엄마가 한걸음에 달려왔다. 마치 형이 올 줄 알았던 것처럼.

"엄마, 잘 지냈지?"

형이 엄마를 보고 씩 웃었다.

"이놈 자식! 이놈 자식!"

엄마는 더 이상 말을 맺지 못했다. 신발도 신지 않고 뛰쳐나와 형의 등을 마구 때렸다. 원망과 반가움과 그리움과 기쁨이 모두 섞여서 하나도 아프지 않을 것 같았다. 1년 만에 나타난 형의 머리가 덥수룩하게 길었고, 살도 많이 빠져서 이전보다 훨씬 나이 들어 보이는데도 엄마는 그저 어젯밤에 보았던 형을 대하듯 했다.

엄마가 형에게 정신이 팔려 있는 사이, 찬은 조용히 그 장면에서 빠져나왔다. 찬은 터벅터벅 학교를 향해 걸었다. 지각을 면하려면 서둘러야 했지만, 이상하게 몸이 움직여지지 않았다. 공중을 붕붕 떠다니는 것처럼 현실감이 없었다.

형이 돌아왔어.

찬은 나직하게 중얼거렸다. 형이 돌아왔다는 것이 믿어지지 않았다.

형이 진짜 돌아왔다고.

이번에는 조금 큰 소리로 말해보았다.

이제 모든 게 해결되었어.

찬은 스스로에게 각인시키듯 단호하게 말하고는 깊은숨을 몰아쉬었다.

찬은 그제야 정신을 차린 듯 학교를 향해 달렸다. 그러나 이내 자신의 몸속을 흐르는 이상한 기류를 감지했다.

찬은 형만 돌아오면 마음이 새털처럼 가벼워질 줄 알았다. 형을 보고 기뻐하는 엄마의 얼굴만 보면 모든 근심이 사라질 줄 알았다. 그런데 찬의 마음은 가볍지 않았다. 무언가 알 수 없는 감정이 일어났다.

찬은 혼란스러웠다.

22. 달아

할머니와 사는 일이 처음부터 쉬웠던 것은 아니다. 할머니의 눈에 달아와 유지는 천방지축 제멋대로였다. 옷은 아무 데나 벗어놓고, 씻고 난 자리는 사방이 물 천지였으며, 신발을 가지런히 벗어놓는 일은 절대로 일어나지 않았다. 유지는 깨어 있는 내내 뛰어다니면서 끊임없이 소음을 만들어냈다. 종종 할머니는 얼이 빠진 사람 같아 보였다.

반면 달아와 유지는 할머니가 하도 쫓아다니며 지적해대는 통에 숨이 막혔다. 둘은 끊임없이 이어지는 잔소리의 세상에 빠져버린 것만 같았다. 할머니로서는 목소리를 낮추고 화를 억누르며 차분하게 말하려고 갖은 애를 썼지만, 듣는 사람에게는 어떤 목소리로 말하든 잔소리는 그냥 잔소리였다.

엄마와 셋이 살 때는 옆집 아줌마가 가끔 치워주기도 하고 야단도 쳤지만, 마음대로 어지럽혀도 상관없었다. 학교에서는 모범생일지언정 집에서까지 모범생일 필요는 없었다. 달아는 12시 넘어서까지 TV를 보며 라면을 끓여 먹기 일쑤였다. 하지만 할머니 집에서는 그런 간단한 일도 상상할 수 없는 일탈로 여겨졌다.

어느 오후, 할머니는 달아와 유지를 불러놓고 규칙을 정하자고 했다.

"이렇게 무질서하게 살 수는 없는 일이다."

결의에 찬 목소리로 말하는 할머니의 모습은 흡사 전쟁터에 나가는 장군 같았다. 할머니의 말에 달아는 또다시 숨이 콱 막혔고, 유지는 겁을 먹었다.

질서라고요? 집은 그냥 맘 편히 쉬면 되는 곳 아닌가요?

달아는 반기를 들고 싶었지만 꾹 참았다.

세 사람은 식탁에 둘러앉았다. 할머니가 하얀 종이를 펼친 다음 달아에게 펜을 들려주었다.

"기상은 몇 시로 하면 되겠니?"

"6시……"

"그건 너무 이른 것 같구나."

"그럼 6시 반……"

"7시로 하자꾸나."

"그럼 학교에 늦을 텐데요."

"앞으로 유지를 돌보는 일은 내가 할 테니 너는 너 자신만 신경 쓰면 된다."

할머니의 말에 달아와 유지는 휴, 안도의 한숨을 내쉬었다. 잔뜩 긴장했던 어깨가 한결 가벼워지고, 딱딱하게 굳었던 자세가 부드럽게 풀렸다.

"그 대신 아침 식사는 꼭 해야 한다. 수업 시간에 집중하려면 아침을 먹어야 한단다."

아침 식사는 꼭 해야 한다는 조항을 적으며 달아는 눈물이 핑 돌았다. 편의점에서 파는 소시지를 먹이며 유지를 등원시킨 적은 있지만, 자신의 아침을 챙겨주는 사람은 아무도 없었다.

"집안일을 해주던 아줌마는 이제 오지 않을 거다. 그래서 각자 자기 방은 자기가 정리해야 한다."

"아줌마는 왜 안 오는데요?"

유지가 물었다.

"식구가 늘었으니 절약해야 하기 때문이지."

할머니가 담담하게 말했다.

"아껴 쓸게요. 그리고 엄마가 곧 올 거예요."

달아는 할머니의 눈치를 살피며 말했다.

"아껴 쓰는 건 좋은 태도다만, 굳이 스트레스받을 것까진 없다."

"그럼 집안일을 도울게요."

"그러면 분리수거를 맡아주려무나."

"나도 도울 거야."

"너는 말썽이나 피우지 마."

달아가 유지에게 말했다

"아니다, 유지가 도울 일도 있다. 신발장 정리를 맡아주겠니?"

"빨래도 갤 수 있어요."

유지가 고개를 끄덕이며 말했다.

할머니가 미소 지으며 유지의 머리를 쓰다듬었다. 삶의 현장이라는 치열한 전쟁터에서 아군을 만난 사람이 지을 법한 미소였다. 갑자기 세 사람이 한 팀이 된 것 같았다.

"대신 매달 용돈을 주마."

용돈이라는 말에 달아는 깜짝 놀랐다. 엄마는 서랍에 돈을 넣어 놓고 필요할 때마다 가져다 쓰게 했다. 가끔은 유지와 군것질도 했지만, 주로 엄마 대신 장을 보고 필요한 물건을 사는 데 쓰였다. 매달 용돈을 받는다는 것은 또래의 다른 애들과 다름없어지는 것 같아 가슴이 설렜다.

"달아는 내일 나와 학원을 알아보러 가자."

"학원을요?"

"곧 고등학생이 될 테니 준비해야지."

"하지만 아껴 써야 한다고⋯⋯"

"절약한다고 했지, 필요한 곳에 지출하지 않겠다는 말은 안 했다. 그건 그렇고 너는 뭐가 되고 싶으냐?"

할머니의 질문에 달아는 대답하지 못했다. 뭐가 되고 싶은지 생각해본 일이 아득하게 느껴졌기 때문이다.

"소방관이요."

유지가 대신 대답했다.

"소방관? 훌륭한 사람이 되겠구나. 그리고 꿈은 살면서 정해도 된다. 자신을 관찰하다 보면 점점 더 선명해질 거야."

꿈도 목표도 없는 아이라고 실망할까 봐 염려하던 달아에게 할머니가 따뜻한 미소를 지으며 말했다.

아빠는 왜 할머니를 싫어했을까?

문뜩 의문이 생겼다.

이튿날부터 알람 소리에 잠을 깨면 할머니가 아침 식사를 차려 놓고 달아를 기다리고 있었다. 아침을 먹지 않는 게 습관이 되어 도무지 입맛도 없는 데다 할머니의 요리 솜씨는 정말 형편없었다. 하지만 할머니를 실망시키고 싶지 않아 억지로 꾸역꾸역 먹었다. 유지는 밥을 입에 넣은 채 소변이 마렵다며 화장실에 가서는 몰래 뱉어버렸다.

방을 정리하는 일도 몸에 배지 않아서 자꾸 잊었고, 매일 정리한다는 것은 여간 귀찮은 일이 아니었다. 유지의 방은 더 엉망이었다. 유지는 정리한다며 모든 물건을 옷장 속에다 쑤셔 박았다.

"이놈들!"

더 이상 못 참겠다는 듯 할머니가 버럭 소리를 질렀다.

"아…… 이게 아닌데……"

자신이 지른 고함에 충격받은 할머니가 신음을 냈다. 달아와 유지도 덜컥 겁을 먹었지만, 할머니가 더 당황한 게 분명했다.

"소리를 지른 것은 미안하구나."

우아한 육아에 실패한 할머니가 절망에 젖은 목소리로 사과했다.

하지만 그 후로도 할머니는 버럭버럭 소리를 질렀다. 그렇지 않고서는 도무지 감당이 안 되었다. 그런데 그 고함에 할머니는 물론이고 아이들도 익숙해졌다. 으레 그러려니 하다가, 나중엔 오히려 친밀감의 표시로 느껴지기까지 했다.

호통을 치는 게 효과가 없어지자, 할머니는 새로운 방식을 찾아냈다. 용돈에서 벌금을 내게 하는 것이었다.

"마이너스 백 원!"

"마이너스 오백 원!"

"음, 마이너스 천 원!"

할머니는 아주 여유롭고 우아하고 분명하게 말하며 차곡차곡 장부를 적어나갔다. 어떨 때는 말도 하지 않고 장부에 기록을 남겼다.

용돈을 깎이는 일은 달아와 유지에게 절대로 익숙해지지 않았다. 처음 받아보는 용돈은 사탕처럼 달콤해서—실제로 유지는 용돈을 초콜릿과 젤리를 사는 데 거의 다 써버렸다—, 아이들을 잔뜩 긴장시켰다. '마이너스'라는 소리만 들려도 달아와 유지는 바로바로 행동에 옮겼다.

그리고 또 한 가지, 할머니는 맛없는 음식을 강요하는 대신 유튜브를 보며 요리를 따라 하기 시작했다. 할머니가 새로운 음식을 시도할 때마다 곤혹스러웠지만, 할머니의 음식도 점점 먹을 만해졌다.

"어디 보자. 볼에 통통하게 살이 올랐구나."

유지의 볼을 살짝 꼬집으며 할머니가 뿌듯한 듯 활짝 웃었다.

1년 만에 돌아온 형은 완전히 달라져 있었다. 마치 딴사람 같았다.

"만두 장사가 되어볼게요."

아빠 앞에 무릎을 꿇고 형이 말했다.

형은 아빠에게 만두 빚는 방법을 배웠다. 가게에서는 특유의 친화력을 발휘해 큰 소리로 너스레를 떨며 쾌활하게 손님들을 맞이했다. 아빠를 설득해 새로운 종류의 만두를 개발하고 온라인으로도 판매하기 시작했다.

형 때문에 수척해지고 병이 났던 부모님은 이제 형 때문에 활기를 얻고 즐거워했다. 왜 집을 나갔느냐고, 지난 1년간 무슨 일이 있었느냐고 추궁하는 사람은 아무도 없었다.

형은 쉽게 용서받았다.

그리고 찬은 형만 돌아오면 더는 아무것도 바라지 않겠다던, 신과의 약속을 저버렸다.

형이 돌아온 후로 찬의 마음속에서는 늘 두 마음이 싸웠다. 형이 돌아와서 다행이라는 마음과 그렇게 쉽게 형을 용서하고 환영하는 부모님의 태도가 원망스러운 마음. 형이 없는 동안 가슴 졸이며 눈치를 살피던 찬의 수고와 고통은 도대체 무엇이었을까? 찬은 이상한 배신감에 휩싸였다.

그리고 형만큼이나 찬, 자신이 낯설었다. 나에게 추악한 피가 흐르고 있는 것은 아닐까? 나를 버린 친부모는 어떤 사람들이었을까? 그런 생각을 하면 두려움이 엄습했다.

찬은 조금씩 가족들과 멀어져갔다. 속마음을 들키지 않기 위해서였지만, 어차피 부모님의 관심은 온통 형에게 쏠려 있었다. 찬이 애쓰고 노력해서 지켜왔던 부모님의 사랑과 인정을 형은 너무 쉽게 되찾을 수 있었다.

아빠는 형이 내놓는 사업 아이디어를 경청했고, 한 번도 원한 적 없던 만두 공장을 세울 생각을 했다. 흰색 유니폼을 입고 만두가게에서 일하는 형은 점점 더 아빠를 닮아갔다. 키도 아빠만 했고 덩치도 아빠만 했으며 목소리와 말투도 비슷해져갔다.

사실 찬은 만두가게에 흥미를 잃은 지 오래였다. 찬은 수식이 복잡한 수학 문제를 풀거나 물리현상을 증명하는 것이 좋았다. 중학교 수학은 시시하게 느껴져 고등학교 수학 문제집을 사서 풀거나 인터넷 강의를 찾아 들어보기도 했다.

어느 날 경시대회용 문제집에서 난도 높은 수학 문제를 푸느라 끙끙거리는데 형이 들어왔다.

"뭐 하냐?"

형의 목소리에 찬은 후다닥 문제집을 감췄다. 예전처럼 잘난 척한다며 시비를 걸까 봐 지레 겁먹은 것이다.

"공부했냐? 난 이제 공부는 물 건너갔으니 너라도 열심히 해라. 우리 집에도 공부로 승부 보는 놈이 하나는 있어야지."

형은 아무렇지도 않은 얼굴로 방을 나갔다.

형의 덤덤한 태도는 오히려 당황스러웠다. 찬은 어안이 벙벙해서 한동안 멍하니 얼어 있었다.

시간이 지나면서 찬은 가슴속에 흐르는 묘한 기분을 느꼈다. 그것은 안도감이 아니라 패배감이었다. 갑자기 어른이 되어버린 형에게 느끼는 열등감이었다. 형은 이제 찬을 질투하던 유치한 형이 아니었다. 부모님의 세계에 들어온 형은 안정되고 편안해 보였다. 반대로 찬은 그 세계에서 점점 더 멀어지는 것 같은 느낌에 매번 부딪혔다.

찬은 점점 더 가족들과 같이 있는 시간이 편안하지 않았다. 어리광도 부리고 엄마 아빠랑 장난도 쳤던 시간이 그리웠다.

언제부터인가 웃음의 지점도 달라졌다. 찬만 다른 이야기에서 웃었다. 찬이 하는 얘기에 가족들은 어리둥절한 표정을 지었다. 찬도 형이나 엄마 아빠가 한 말이 웃기지 않았다. 세 사람은 까르르까르르 웃어대는데, 찬은 멀뚱멀뚱 바라보기만 했다.

아빠와 단둘이 있을 때는 어색하게 느껴지는 순간도 있었다. 찬은 그런 감정을 들키지 않으려고 눈치를 보거나 일부러 과장되게 행동했다. 그러고 나면 더 어색해졌다.

얼마 전 거실에서 한바탕 웃음소리가 들려왔다. 방문을 열고 나오니, 거실 바닥에 파티용품이며 배너며 수북이 쌓인 수건까지 다양한 물건이 가득했다.

"이게 다 뭐예요?"

"우리 만두가게 20주년 기념행사를 열려고."

형이 의기양양한 목소리로 말했다.

"젊은 사람이 들어오니까 확실히 다르긴 다르구나. 이제 만두가게는 큰애한테 맡기고 나는 좀 쉬어도 되겠어."

아빠가 흐뭇한 미소를 지으며 말했다.

"찬아, 이리 와. 너도 같이하자."

상자 속에 수건을 접어 넣으며 엄마가 찬을 불렀다.

"약속 있어요."

찬은 퉁명스럽게 말하고 집을 나왔다.

그날 찬은 집에 들어가지 않았다. 중간에 전화를 걸어 친구 집에서 팀별 수행평가를 준비해야 한다고 말했다. 아무도 찬의 말을 의심하지 않았다. 찬을 믿기 때문이라고 생각하면서도 서운한 기분이 들었다.

찬은 끝없이 거리를 배회했다. 교회 앞에서 잠시 걸음을 멈췄다. 스치듯 달아의 모습이 아른거렸다. 맨 뒷자리 오른쪽 끝에서 기도하던 자신의 모습도 떠올랐다. 찬은 교회로 들어가는 대신 발걸음을 돌렸다.

찬은 새벽이 다 되어서야 잠든 가족들 몰래 숨어 들어갔다. 가족 모두 곤히 잠든 밤, 세상에 혼자 남겨진 것 같은 외로움이 찬을 삼켜버렸다.

24. 할머니

얼마 전까지만 해도 전혀 상관이 없던 사람들이 가족처럼 한 공간에서 산다는 것은 때론 고달픈 일이다. 그건 할머니 입장에서도 마찬가지였다.

사실은 할머니도 일찍 일어나고 일찍 잠자리에 드는 사람이 아니었다. 아주 오래전부터 불면증을 앓아서 밤늦게까지 드라마를 보거나 책을 읽다가 스르르 잠이 들면, 다음 날 아무 때나 일어나 늦은 아침을 먹는 자유롭고 여유로운 삶이 오랜 시간 몸에 배어 있었다.

돌아가신 할아버지가 남긴 연금으로 할머니는 남은 생 돈 걱정 없이 살 수 있었다. 집안일은 도우미 아주머니에게 맡기고, 소설을 쓰지 않은 지는 한참 되었지만 이따금 소설가 친구들을 만나면서, 평화로우나 한없이 무료하고 지루하며 이따금 무의미하게 느껴지는 일상을 반복해 살아가고 있었다.

달아와 유지의 등장은 할머니 인생에 커다란 파문을 일으켰다. 아니, 회오리바람이 불듯 이전의 일상을 멀리멀리 날려버렸다.

할머니는 생전 일어나보지 않던 시간에 일어나 생전 만들어보지 않던 음식을 만들고, 달아를 등교시키고 이어 유지를 등원시킨 다음 집안일을 하고 나면 어느새 밤이 되어버렸다. 밤마다 피곤에 찌든 몸을 이끌고 침대에 누우면 불면증은 어디론가 사라지고 등을 대기가 무섭게 잠이 들었다.

"아이고, 내 팔자야."

이른 아침 삭신이 쑤신 몸을 간신히 일으키며 더듬더듬 알람을 끌 때마다 저절로 푸념이 새어 나왔다.

가끔 달아의 엄마를, 더 가끔 자신의 아들인 달아의 아빠를 원망하기도 했다. 하지만 아이들을 키우는 일을 그만둘 생각은 없었다. 적어도 아이들의 엄마가 찾아오기 전까지는.

할머니의 삶은 조금씩 조금씩 바뀌어가더니, 어느 순간 완전히 달라져버렸다. 할머니는 이전에 자주 어울리던 사람들을 지금은 거의 만나지 않는다. 이전에는 별로 친하지 않던 사람들이 지금은 더 가까워졌다.

달아와 유지가 함께 살게 된 후로 할머니는 이웃들과 어울리기 시작했다. 특히 유지가 타운하우스에 사는 이른들의 사랑을 독차지하면서 할머니도 그들과 이야기를 나누기 시작했다. 경비 아저씨와도 이야기를 나누고 위아래층에 사는 사람들과도 가까워졌다.

이들과 만날 때 할머니는 외출복을 입지 않았다. 헤어스타일도 신경 쓰지 않았다. 할머니는 이전에 친했던 사람들을 가면을 쓰고 만난 사람들이라 부르고, 요즘 친한 사람들을 가면을 벗고 만나는 사람들이라고 불렀다.

하지만 가면을 완전히 버린 것은 아니었다. 이따금 할머니는 가면을 꺼냈다. 화장을 곱게 하고, 옷장을 뒤져 정장을 꺼내 입고, 명품 가방을 들었다. 그런 날에는 달아와 유지도 가면을 썼다. 백화점에서 비싼 돈을 치르고 산 고급 브랜드 옷을 입고, 머리를 가지런히 빗은 다음 아껴두었던 신발을 꺼내 신었다. 그리고 멋진 식당에 가서 마치 행복 넘치는 사람들처럼, 고통은 전혀 알지 못하는 사람들처럼 여유 있게 식사를 했다.

그 시간 동안 세 사람은 슬픈 이야기는 전혀 꺼내지 않았다. '상처'란 말은 금기어였다. 누군가 실패에 관한 이야기를 꺼내는 순간, 다른 두 사람으로부터 질타의 시선을 받게 된다.

식사 후에는 케이크가 맛있기로 소문난, 동화 속에나 나올 법한 카페 혹은 이국 취향이 물씬 풍기는 이색적인 카페를 찾아갔다. 공작부인과 소공녀, 소공자처럼 우아하게 디저트를 즐겼다. 그리고 카페를 나서는 순간, 세 사람은 폭소를 터뜨리며 가면을 구겨서 가방에 넣어버렸다.

원래는 한 달에 한 번씩 하기로 한 행사였는데, 요즘에는 누군가의 요청이 있을 때면 날짜를 잡는다. 처음에는 할머니가 가면을 쓰고 살던 시절에 다녔던 곳으로 장소를 잡았다가 점점 달아가 SNS를 보며 고르는 일이 많아졌다.

요즘엔 TV에서 먹방 프로그램을 보다가 유지가 "저기! 저기 가고 싶어"라고 애원하면 가면을 쓸 만큼 근사한 식당이 아니더라도, 본래의 취지와는 거리가 멀어도 가면을 반쯤 걸친 채 찾아가기도 한다. 그럴 때면 할머니는 휴, 한숨을 쉬며 못마땅한 표정을 지었다.

어느 오후 할머니가 마트에서 장을 보고 돌아오는데, 청록색 철제 정문 앞에 붙어 있는 '세렌디피타스'라는 팻말이 새삼 눈에 들어왔다.

19년 전, 할머니는 근처에 사는 지인을 방문하는 길에 이 팻말을 보았다. 우연히도 할머니가 읽고 있던 이탈리아 작가의 소설에 '세렌디피타스'라는 단어가 나와서 그 뜻이 '뜻밖의 행운'이라는 걸 알고 있었다. 운명에 이끌리듯 할머니는 마침 매물로 나와 있던 108동 303호를 구입했다. 그리고 그곳에서 할머니를 유명하게 만든 단 한 권의 소설을 썼다.

할머니는 그것을 뜻밖의 행운이라고 생각했었다.

25. 찬

가족 중에서 우혁의 존재를 제일 먼저 눈치챈 것도 형이었다.

"이게 뭐냐?"

형이 찬의 등에서 검붉은 멍을 보며 물었다.

"아무것도 아니야."

찬은 얼른 돌아서서 옷으로 멍을 가렸다.

"아무것도 아닌지 어디 한번 보자."

형이 다가왔지만, 찬은 완강한 태도로 거부했다.

"너, 혹시 맞고 다니냐? 누가 널 괴롭히는 거야?"

"그런 거 아니야."

찬은 서둘러 자리를 피했다.

하지만 우혁은 멈추지 않았고 결국 비밀은 드러나고 말았다. 우혁은 수시로 찬을 불러내 돈을 요구했고, 액수가 모자라면 그만큼 찬을 때렸다. 그날도 찬은 우혁의 전화를 받고 돈을 챙겨 나가는 길이었다. 우혁이 요구한 금액에는 한참 미치지 못하는 액수였다. 우혁의 무리는 찬을 둘러싸고 위협했다. 그중 한 명이 찬의 가슴을 가격했다.

"욱."

매번 참으려고 해도 신음은 찬의 꾹 다문 입술을 뚫고 새어 나왔다. 다른 한 명이 찬을 발로 걸어찼다. 찬은 바닥에 처참하게 내팽개쳐졌다.

"너희 뭐 하는 놈들이야!"

그때 누군가 버럭 소리를 질렀다.

"이 새끼들 경찰에 신고하기 전에 빨리 안 사라져?"

형이었다. 형의 거대한 체구만으로도 아이들은 움찔했다. 형의 손에는 112로 수신 번호가 찍힌 휴대폰이 들려 있었다.

"씨발."

우혁의 무리가 하나둘 도망쳤고, 마지막으로 우혁도 분하다는 듯 침을 탁 뱉고는 뒤돌아 사라졌다.

형이 찬에게 다가와 손을 내밀었다. 형에게 고마워야 할 순간에 찬은 고맙지 않았다. 자신의 나약한 모습을 들킨 것이 창피해서 고개를 들 수가 없었다.

"다친 데는 없냐?"

형이 내민 손을 찬은 잡지 않았다.

"자식, 자존심 부리긴."

형은 찬의 옆에서 보조를 맞추며 걸었다.

"언제부터 이런 거냐? 엄마 아빠한테는 알렸냐? 하긴, 모르니까 이 지경이 되도록 내버려 뒀겠지."

형이 무슨 상관이냐고 말하고 싶었지만 찬은 꾹 참았다. 이미 형의 도움을 받아버린 후였다.

"그런데 왜 너를 괴롭히는 거냐? 보통 너 같은 범생이들은 잘 안 건드리는데. 뭐 약점 잡힌 거라도 있냐?"

"내가 왜 약점이 없겠어."

찬은 비웃듯 내뱉었다. 형이 아닌 자신을 향한 비웃음이었다.

"그게 뭔데?"

형은 정말 아무것도 모른다는 듯 순진한 표정을 지었다.

찬은 코웃음 쳤다. 이번에는 형을 향한 비웃음이었다. 형이 뭘 알겠는가. 무슨 짓을 해도 쉽게 용서받을 수 있는 특권을 지닌 형이.

"인마, 그게 뭐냐고?"

형이 찬의 팔을 붙잡아 세웠다. 형의 완력에 찬은 휘청거렸지만 이내 중심을 잡았다. 찬은 형의 눈을 쏘아보았다.

"설마……"

"맞아. 내 치명적인 약점…… 버려진 아이라는 거."

찬을 붙잡고 있던 형의 손에서 힘이 스르르 빠져나갔다.

"내 입으로 확인하니까 속이 후련해?"

찬이 쏘아붙이고는 뒤도 돌아보지 않고 달렸다.

얼이 빠진 것 같은 형의 얼굴이 눈앞에 아른거렸다. 이상하게 통쾌한 기분이 들었다.

　며칠 뒤 형은 이사 가자고 부모님을 설득하기 시작했다. 형이 태어난 후 한 번도 떠나본 적 없는 동네를 갑자기, 특별한 이유도 없이 떠난다는 것은 말도 안 되는 일이었다. 하지만 형은 끊임없이 부모님을 설득했다.

　결국 형이 이겼다. 형이 어떻게 부모님을 설득했는지 모르지만, 부모님은 유동 인구가 많은 도시에서 만두가게를 열자는 형의 제안에 동의했다. 안정적이고 평화로운 삶을 추구하는 부모님으로서는 어려운 결정이었다.

　찬은, 형의 마음을 모르는 찬은, 부모님이 형의 설득에 넘어간 것이 맘에 들지 않았다. 하지만 우혁이 없는 곳, 아무도 찬의 약점을 모르는 곳, 영원히 비밀이 지켜질 수 있는 곳으로 간다는 것에 안도했다.

26. 달아

"뭘 하고 있니?"

할머니의 서재를 둘러보고 있던 달아는 갑자기 나타난 할머니 목소리에 깜짝 놀랐다.

"책을 고르고 있니? 가만있자, 네가 흥미를 가질 만한 책이 어디 있을까?"

달아는 들고 있던 책을 뒤로 감추고는 한 걸음 물러섰다.

"그건 아직 어려울 거다. 좀더 크면 읽으렴."

이번에도 할머니에게 마음을 들키고 말았다.

"네 엄마한테 내 얘기를 들은 모양이구나."

할머니가 별일 아니라는 듯 무심한 목소리로 말했다.

"그래, 어디까지 들은 거냐?"

할머니가 비로소 달아에게 시선을 돌리며 물었다.

"할머니가 유명한 소설가라는 거…… 아빠가 할머니를 싫어했다는 거……"

달아가 더듬더듬 이야기하자 할머니가 큰 소리로 껄껄 웃었다.

"하나는 맞고 하나는 틀리다."

"그럼 아빠가 할머니를 싫어한 게 아니에요?"

"그 부분이 맞다는 거다."

"하지만 분명히 이 소설이 그해에 무슨 상을 받았다고……"

달아는 뒤로 감추고 있던 소설책을 내밀었다.

"그것도 맞다."

"그럼 뭐가 틀렸다는 거죠?"

달아가 눈을 동그랗게 뜨고 할머니를 바라보았다. 할머니는 벽에 걸린 시계에 눈길을 한 번, 곤히 잠든 유지의 방에 눈길을 한 번 주었다.

"시간이 늦었지만, 오늘 밤은 예외를 두기로 하자꾸나."

할머니는 갑자기 냉동실 문을 활짝 열었다. 그러고는 빨갛게 조리된 냉동 닭발을 꺼내 프라이팬에 넣고 달달 볶았다.

달아 남매가 오기 전에 할머니는 한 번도 닭발을 먹어본 적이 없다고 했다. TV 먹방 프로그램에서 닭발을 본 달아와 유지가 하도 졸라서 맛집을 찾아갔다. 처음 닭발을 접한 할머니는 징그럽다고 기겁하며 눈살을 찌푸렸지만, 요상하게 생긴 그 음식을 달아와 유지는 쩝쩝거리며 열심히도 먹어댔다. 마지막 닭발 한 개는 꼭 할머니가 먹어야 한다고 유지가 하도 떼를 쓰는 바람에 할머니는 눈을 꼭 감고 닭발을 입에 넣었다. 그 순간 할머니는 신세계를 경험했고, 이후로 닭발은 할머니의 최애 음식이 되었다.

자글자글 맛있게 익은 닭발을 가운데 두고 할머니와 달아는 마주 앉았다. 닭발과 함께 할머니는 와인을, 달아는 콜라를 마셨다.

"나는 유명한 소설가가 아니란다. 단지 내가 쓴 단 한 권의 소설이 유명했던 거지. 그게 뭐가 다르냐고? 음, 다르단다. 분명히 다르지."

달아는 조용히 할머니의 이야기를 기다렸다.

그전에도 할머니는 여러 권의 소설을 썼다. 하지만 주목받은 것은 한 권도 없었다. 심지어 여러 출판사에 원고를 보냈으나 출판되지 않은 소설도 있었다.

출판사에서 거절당하면 할머니는 한동안 우울하고 슬펐지만, 다시 일어나 새로운 소설을 쓰기 시작했다. 소설 쓰는 일은 할머니의 정체성과 직결되었고, 할머니가 쓴 소설은 할머니의 분신이나 다름없었다.

그러던 어느 날 할머니에게도 행운이 찾아왔다. 이 집으로 이사 온 후에 쓴 첫 소설이 평단의 인정을 받은 데다 대중적인 인기도 얻게 된 것이다. 인터뷰와 강연 요청이 줄을 이었고, 비록 불발로 끝났지만 영화로 제작하겠다는 제작사도 나타났다.

그런데 소설이 유명해질수록 할머니는 불안해졌다.

할머니는 그 소설을 쓰는 동안 이상한 경험을 했다. 마치 다른 사람이 쓴 것처럼 이야기가 쏟아져 나왔다. 그 소설은 지금까지 할머니가 썼던 소설들과는 매우 달랐다. 평론가들도 그런 사실을 지적했다.

할머니는 이전의 소설들이 세상에 드러나지 않기를 바랐다. 할 수만 있다면 모두 수거해서 태워버리고 싶었다.

새로운 소설을 써달라는 출판사의 요청이 들어왔다.

할머니는 책상 앞에 앉아 눈을 감았다. 이번에도 이야기가 쏟아져 나오길 기대했다. 하지만 그런 일은 일어나지 않았다. 할머니가 쓴 소설은 다시 이전의 소설들처럼 단조롭고 소소하고 지루해 보였다.

"작가님, 이건 좀 아닌 거 같아요."

고액으로 독점 계약을 맺은 출판사의 편집장이 할머니의 새 작품을 읽고 난 후 이해할 수 없다는 표정으로 말했다.

"손을 좀 보면 더 나아질 거예요."

할머니가 주저주저하며 말했다.

"아니요, 작가님. 이거 말고 다른 걸로 써주세요."

단호한 목소리로 말하는 편집장의 눈빛이 날카로웠다. 그 시선이 할머니의 가슴을 베어버렸다.

자존심 상한 할머니는 고민에 고민을 거듭하며 간절한 마음으로 다시 새로운 소설을 썼다. 그 당시 할머니는 두문불출하고 책상 앞에만 앉아 있었다.

하지만 소설을 쓸 수 없었다. 아니, 써지지 않았다. 할머니는 자신을 주목하고 있는 독자와 평론가와 출판사의 기대를 만족시키는 대단한 소설을 써야 한다는 강박감 때문에 한 줄도 쓸 수 없었다.

할머니의 성격과 태도에 문제가 생긴 것도 그 시기였다. 할머니는 날카롭고 예민해져서 가족들을 함부로 대하기 시작했다. 아무도 할머니를 건드리지 않았고 근처에 얼씬거리지도 않았다. 할머니는 말 그대로 시한폭탄이었다. 매일 밤잠을 설쳤고 입맛이 없어서 식사를 거르는 일도 잦았다. 할머니의 몸은 갈수록 비쩍비쩍 말라갔다.

편집장은 수시로 안부 전화를 가장한 독촉 전화를 걸어왔다. 전화벨이 울릴 때마다 할머니의 속은 타들어갔다. 아이디어가 떠오르지 않을 때면, 영화를 수도 없이 보고 다른 작가들의 책을 들춰보기도 했다.

열 달 후 간신히 소설이 완성되었을 때, 거울에 비친 할머니의 몰골은 가관이었다. 갑자기 5년은 확 늙어버린 것만 같았다.

"이전이라면 이 정도의 소설도 출간할 수 있었겠지요. 하지만 지금은 안 돼요. 작가님의 명성과 어울리지 않아요. 독자들이 실망할 거예요."

편집장의 냉정한 목소리는 할머니의 상처 난 가슴을 다시 베어버렸다. 그 상처에서 피가 뚝뚝 떨어지는 것만 같았다.

"작가님, 일단 좀 쉬세요. 그리고 다시 심기일전해서 새로운 소설을 써주세요. 저번 것처럼 멋진 소설로요."

편집장이 이번에는 아이를 다루듯 부드러운 목소리로 말했다.

편집장이 돌아간 후 할머니는 침대에 널브러졌다. 일단 좀 쉬라는 편집장의 말을 들은 것이다.

그리고 긴긴 잠에 빠져들었다. 하루가 지나고 이틀이 지나고 사흘이 지나도록 할머니는 잠시 깨어 화장실을 간 것 빼고는 잠만 잤다. 몹시 지쳐 있기도 했지만, 할머니는 잠에서 깨는 게 두려웠다. 눈을 떠서 현실을 마주하는 게 두려웠다. 무엇보다 소설을 쓰는 것이 두려웠다.

1주일, 2주일, 3주일…… 할머니는 동굴에서 나오지 않았다. 한 달, 두 달, 석 달…… 할머니는 동굴에서 나왔으나 문밖으로 한 걸음도 나가지 않았다. 모든 연락도 받지 않았다. 할머니는 기운이 하나도 없었고 말수도 현저히 줄었다. 가족들은 여전히 할머니를 시한폭탄으로 여겼다.

어느 저녁, 아빠가 할머니의 방문을 두드렸다.

"내일 출국해요."

"출국? 어디 여행 가니?"

"유학 가요."

"유학? 갑자기?"

"갑자기 아니에요. 아버지랑 한참 동안 상의해서 결정한 거예요."

왜 나에게는 말하지 않은 거냐고 물으려던 할머니는, 차마 그 말을 꺼낼 수가 없었다.

"뭐, 어차피 엄마와는 상관없는 일이잖아요."

아빠는 이 말을 하기 위해 벼르고 있던 사람처럼 냉소적인 표정을 지으며 차갑게 말했다.

그렇게 해서 아빠는 할머니를 떠났고 지금까지 돌아오지 않았다. 10년 뒤 할아버지가 지병으로 돌아가셨을 때 잠깐 돌아왔으나 1주일도 채 머물지 않고 다시 돌아갔다.

"그럼 그때 이후로 할머니는 소설을 쓰지 않은 거예요?"

"그렇단다. 그렇게 나는 다시 잊었지. 네 엄마가 출판사에 전화해 나를 찾기 전까지는."

"아깝지 않으세요? 기회를 놓친 게……"

"유명한 사람으로 남을 기회 말이니?"

달아는 고개를 끄덕였다.

"그 당시 나는 뜻밖의 행운이 찾아왔다고 생각했다. 그런데 그렇지 않았어. 그것으로 인해 너무 소중한 것을 잃었어."

"소중한 거라면?"

"처음엔 자유를 잃었다고 생각했단다. 그런데 그게 아니었어. 나는 나 자신을 잃었던 거야."

할머니는 잠시 말을 멈추었다.

"다른 사람에게 찬사받기 위해 내 삶을 포기하려고 했던 거지."

할머니는 닭발을 하나 입에 넣고 빈 잔에 와인을 따랐다.

"소설을 쓰는 진짜 이유가 뭔지 아니?"

할머니가 달아를 보고 빙그레 웃으며 물었다.

"자신을 표현하기 위한 거란다. 자신의 생각과 감정을 담기 때문에 소설은 곧 나의 정체성과 관련이 있는 것이지. 그런데 스포트라이트를 받으면서 나는 나를 잃어버렸단다. 내가 아닌 다른 누군가가 되어 가짜 명성을 유지하고 싶었던 거지."

할머니가 쓸쓸한 미소를 지었다.

"그리고 내 아들이 나를 떠났지."

할머니의 시선이 어둠에 싸인 창밖을 향했다. 할머니의 눈시울이 붉어졌다. 할머니는 그때부터 지금까지 아빠를 기다리고 있었던 것이 분명했다. 푸른 숲과 같은 게스트룸을 꾸며놓고서.

"할머니! 누나! 뭐 해요?"

유지가 눈을 비비며 방문을 열고 나왔다.

"아이쿠! 이런, 시간이 벌써 이렇게 되었구나."

벽에 걸린 시계를 힐긋 본 할머니가 탄식하듯 말했다.

"어서 자자꾸나. 오늘 밤은 너무 길었다."

할머니가 유지의 손을 잡고 방으로 들어가며 말했다.

달아는 불을 끄고 침대에 누웠지만 좀처럼 잠이 오지 않았다. 할머니가 들려준 이야기가 파노라마처럼 다시 눈앞에 펼쳐졌다. 마치 영화를 보는 것 같았다.

그런데 어느 순간, 가슴이 철렁 내려앉았다. 할머니의 마지막 말에서 달아는 자신의 모습을 흘깃 본 것만 같았다.

언제나 하얗게 빨아 신던 운동화.

아무 문제 없다는 듯 쾌활함을 가장했던 웃음.

자신만만한 척, 도도한 척, 당당한 척하면서 한없이 졸아 있던 마음.

달아는 여느 보통의 아이들처럼 보이고 싶었다. 사랑과 보살핌을 충분히 받고 자란 아이로 보이고 싶었다. 어둡고 우울하고 초라하고 불행한 것은 모조리 감추고 싶었다. 그래서 진짜 달아의 생각과 감정을 그대로 드러내 보일 수 없었다.

어쩌면 달아도 자신을 잃어버렸던 것인지도 모른다. 달아는 단 한 사람, 성찬 말고는 다른 누구에게도 진짜 달아를 보여줄 수 없었다.

찬!

찬의 이름을 떠올리는 순간 잊고 있던, 멀리멀리 도망쳐 와서 안심해도 된다고 생각했던 기억이 다시 달아를 공격해왔다.

동네 할머니가 성당 바자회에서 헐값에 사다 준 하얀 셔츠.

꽃처럼 피어난 청보라색 세 개의 얼룩.

비밀을 파고들 듯 뚫어지게 바라보던 다은의 시선.

두려움에 터질 것처럼 마구 뛰던 심장.

기적처럼 나타난 찬.

호기심에 반짝이던 아이들의 시선.

마침내 찬의 비밀을 폭로하는 달아의 작고 은밀한 목소리.

교회 앞 베이비박스에 버려졌던 아이.

달아는 눈을 질끈 감았다. 하지만 가슴은 이미 죄책감으로 쓰라렸다.

그때 찬을 만났어야 했다. 뒤늦게라도 찬을 만나 사과했어야 했다. 아빠가 할머니를 떠난 것처럼, 달아도 찬과 회복할 기회를 영영 잃어버린 것이다.

그리고 찬은, 달아의 솔직한 모습을 유일하게 보여줄 수 있었던 찬은, 달아의 슬픔을 공감할 수 있었던 찬은, 달아가 찬의 비밀을 폭로해서라도 지키려고 했던 가짜 우정보다 훨씬 더 소중한 친구인지도 몰랐다.

부디 찬을 만날 수 있는 기회를 주세요!

달아는 아주 오랜만에 다시 기도했다.

4장

처음부터 이곳에 도달하기로
되어 있던 것처럼

27. 찬과 달아

"야, 성찬."

터벅터벅 걸어가는 찬의 등 뒤에서 그를 부르는 건, 분명 달아였다.

2주 전부터 달아는 작정이라도 한 듯이 찬을 쫓아왔다. 교실 밖에서 기다리는 달아를 찬은 매번 차갑게 지나쳤다. 저러다 그만두겠지, 했지만 달아는 좀처럼 포기하지 않았다.

하지만 찬도 물러설 생각이 없었다. 달아가 다가올수록 찬은 마음의 문빗장을 더 굳게 닫아버렸다. 달아가 밉고 원망스러운 마음도 컸지만, 다시 자신의 마음에 들어와 파장을 일으키는 것이 더 두려웠다. 어쩌면 다시 달아를 믿고, 배신을 당하고, 상처를 받게 될까 봐 두려웠다. 찬은 달아가 다가올수록, 그만큼 뒷걸음질 쳤다.

이번에도 찬은 돌아보지도 걸음을 멈추지도 않았다. 달아가 달려오는 소리가 들리더니 찬의 앞을 가로막았다.

"얘기 좀 해."

숨을 고르며 달아가 말했다.

"왜 그래야 하는데?"

"꼭 하고 싶은 말이 있어."

"이제 와서?"

"알아, 늦었다는 거. 그래도 할래."

"너는 참 편리하게 사는구나. 뭐든 네가 하고 싶을 때 하면 되고. 다른 사람의 기분이야 어떻든 상관없고."

"그런 거 아니야."

달아가 찬의 팔을 붙잡았다.

뿌리치고 지나치려는 찬의 눈에 달아의 때 묻은 운동화가 들어왔다. 깨끗하게 빤 하얀 운동화가 달아에게 얼마나 중요했는지를 찬은 기억했다. 군데군데 흙이 묻어 있는 운동화를 물끄러미 바라보던 찬은 천천히 고개를 들어 달아를 바라보았다. 달아의 얼굴에 늘 배어 있던 팽팽한 긴장감이 보이지 않았다.

무슨 일이 있었던 걸까?

호기심이 일면서 자신도 모르게 경계심이 풀리기 시작했다. 어느새 찬은 달아와 나란히 걷고 있었다.

달아는 벽을 훤하게 튼 유리창이 투명한 카페 앞에서 걸음을 멈췄다. 앞장서서 들어가는 달아를 따라, 망설이던 찬도 발을 들여

놓았다.

눈이 부시게 맑은 오후였다. 가을 햇살의 세밀한 결까지 다 보일 듯했다. 한 무더기의 햇살이 달아의 얼굴에 쏟아졌다. 불현듯 달아의 얼굴이 낯설게 느껴졌다. 찬이 알던 이전의 달아와는 분명히 달랐다.

갑자기 어색해진 찬은 밖으로 시선을 돌렸다. 창 너머로 늘어선 나무들이 하나둘 단풍에 들고 있었다. 카페에 면한 공원에는 몇 무리의 사람들이 어우러져 자신들만의 오후를 즐기고 있었다. 두 다리에 힘을 꽉꽉 줘가며 부지런히 자전거 페달을 밟는 아이들. 미니 자동차를 하나 빌려서는 서로 타겠다고 밀쳐대는 어린 남매. 벤치에 앉아 두런두런 이야기를 나누는 노인들.

밖은 한없이 경쾌해 보였다. 오직 찬과 달아를 둘러싼 공기만 지구만큼 무거웠다.

"나는 요즘 할머니랑 지내는데, 할머니가 좀 이상한 사람이야."

달아가 말을 하다 말고 살짝 웃었다. 장난기 어린 미소를 찬은 무표정으로 받았다.

"우리는 한 달에 한 번, 멋지게 차려입고 멋진 장소에서 식사하고 맛있는 디저트를 즐겨. 마치 현실을 벗어나 판타지의 세계로 잠시 들어갔다 나오듯이 말이야. 여기가 그중에서 가장 마음에 들었던 곳이야."

찬은 달아를 힐긋 보고는 다시 창밖으로 시선을 돌렸다. 달아의 이야기는 너무 현실감이 없어서 거짓말처럼 느껴졌다. 만약 이곳에 오지 않았다면 달아가 또 연기를 하고 있다고 생각했을 것이다. 이전에 학교에서 그랬듯이.

찬의 냉담한 반응 때문인지 두 사람 사이에 다시 침묵이 흘렀다.

"믿을지 모르겠지만, 너를 꼭 다시 만나고 싶었어."

달아가 천천히 힘주어 말했다. 찬은 다시 고개를 돌려 달아를 바라보았다. 벌서는 아이처럼 초조해 보였다.

"밤마다 너를 다시 만나게 해달라고 기도했어."

진지한 눈빛 때문인지, 달아의 말은 진심으로 들렸다. 이전에 교회에서 웅크려 앉아 간절히 기도하던 달아의 모습이 떠올랐다. 그 순간, 굳건히 걸어 잠갔던 마음의 빗장이 스르르 풀렸다.

어쩌면 찬은 자신의 비밀을 폭로한 것보다, 그래서 우혁의 무리에게 괴롭힘당한 것보다, 도망치듯 한마디 말도 없이 사라진 것에 더 화가 났었는지도 몰랐다.

달아는 그때의 상황을 모두 솔직하게 털어놓았다.

"내가 너무 바보 같았어."

긴 이야기를 마친 후 달아가 말했다.

"너에게 너무 잔인했지."

달아는 고개를 떨궜다.

"그때 사과했어야 했는데, 너를 마주할 자신이 없었어. 마침 할머니 집으로 오게 되면서 진실로부터 도망칠 수 있다고 생각했어. 그런데 사실은 그렇지 않았어. 문뜩문뜩 내가 한 행동을 떠올릴 때마다 나 자신이 끔찍하게 느껴졌어."

달아의 목소리가 흔들렸고 두 눈에서 눈물이 뚝뚝 떨어졌다.

자신이 끔찍하게 느껴지는 기분을 찬은 알 것만 같았다. 찬도 요즘 자신이 끔찍하게 느껴졌다.

찬은 그 일로 인해 자신이 얼마나 고달픈 시간을 보냈는지 말하지 않았다. 우혁의 무리에게 어떤 괴롭힘을 당했는지도 말하지 않았다. 말하지 않았는데도 마음속 분노가 조금은 녹아내린 것 같았다. 달아는 이미 자신의 벌을 받았는지도 모른다. 어쩌면 두 사람은 다시 친구가 될 수 있을지도 모른다.

"이 동네에 자전거 탈 만한 곳이 어디 있냐?"

찬이 비로소 입을 열었다. 짐짓 무심한 어투였다. 그들 사이에 아무 일도 없었던 것처럼.

"자전거 타려고?"

달아가 눈물 고인 두 눈을 반짝이며 고개를 들었다.

"멀지 않은 곳에 호수공원이 있다는 얘기를 들었어. 한 번도 못 가봤는데 같이 갈까?"

달아가 신이 나서 물었다.

찬이 고개를 끄덕였다. 밝게 웃는 달아의 얼굴을 보며 찬의 입가에서 미소가 비어져 나왔다.

어쩌면 찬은 이런 순간을 그리워하고 있었는지도 몰랐다. 찬에게도 달아는 속마음을 나눌 수 있는 유일한 친구였다.

28. 달아와 찬

    학교 앞에서 만난 찬과 달아는 호수공원까지 자전거를 타고 달렸다. 바람이 이마에 송골송골 맺힌 땀을 상쾌하게 날려주었다. 단풍 든 나뭇잎들이 호수에 비쳐 무척이나 아름다웠다. 청둥오리 여러 마리가 호수 위를 여유롭게 헤엄쳐 다녔다. 하늘에는 뭉게구름 사이로 비행운이 길게 그려졌다.

    "여기서 좀 쉬었다 갈까?"

    달아가 나무 그늘 아래 벤치를 가리켰다.

    "할머니가 너를 만난다니까 샌드위치 도시락을 싸주시더라."

    "할머니가 나를 아셔?"

    찬의 물음에 달아는 흠칫 놀랐다.

    "아, 미안. 네 허락도 없이 할머니에게 너에 대해 말했어. 하지만 걱정하지 마. 할머니는 눈치가 빨라서 어떤 이야기는 절대로 퍼

뜨려서는 안 된다는 걸 잘 알고 있거든."

"뭐…… 그런 건 아니고……"

"그리고 네가 억울하지 않도록 할머니의 비밀도 알려줄게. 할머니는 사연이 아주 많은 사람이야."

달아는 계속해서 변명을 늘어놓았다.

"야, 윤달아! 그만 좀 해. 누가 뭐라 했냐?"

"아, 나는 또 내가 너한테 상처를 준 줄 알고……"

"네 눈엔 내가 그렇게 나약하고 한심해 보이냐?"

"그건 절대 아니지. 네가 나를 이렇게 다시 친구로 대하는 것만 해도 얼마나 아량이 넓은 아이인지 알 수 있잖아."

"도시락이나 먹자."

도시락 뚜껑을 열자 샌드위치와 과일이 예쁘게 담겨 있었다.

"맛있어 보이지? 근데 먹으면 실망할 거야. 우리 할머니가 유튜브 보면서 예쁘게는 따라 하는데 맛은 한참 못 미쳐."

달아가 깔깔거리며 웃었다.

달아를 저렇게 아이처럼 웃게 한 할머니가 어떤 사람일지 찬은 궁금해졌다. 찬이 기억하는 달아는 늘 가족 때문에 외롭고 서럽고 어깨가 무거웠다. 달아는 비로소 제 나이의 아이처럼 보였다. 할머니의 보살핌 아래서 그동안 억울하게 지고 있던 무거운 짐을 내려놓은 것 같았다.

"나, 나약하고 한심한 놈 맞아."

점심 식사가 끝나갈 무렵 찬이 입을 열었다.

"아직도 그 생각 하고 있었던 거야? 내가 미안하다니깐."

"아니, 그 얘기가 아니고…… 그냥 내가 그렇다는 거야."

찬은 누군가에게 자신의 복잡한 마음을 털어놓고 싶었다. 그게 달아여도 좋겠다고 생각했다.

"형이 돌아왔어."

찬은 달아의 시선을 피해 호수의 끝을 바라보았다. 그리고 고해성사 하듯 입을 열었다.

"집을 나간 지 1년 만이었어. 그 1년 동안 나는 저녁마다 교회에 나가 기도했어. 형이 돌아오게 해달라고. 형만 돌아온다면 다른 건 아무것도 바라지 않겠다고. 그리고 정말 형이 돌아온 거야."

달아는 가만히 찬의 이야기에 귀를 기울였다.

"돌아온 형은 내가 알던 형이 아니었어. 완전히 다른 사람이 되어 나타난 거야."

"어떻게 달라졌는데?"

"형은 어른 같아 보였어."

"어른?"

찬은 벌떡 일어서더니 돌멩이 하나를 주워 호수로 던졌다. 여러 겹의 물수제비가 떠졌다.

"아빠가 믿을 수 있는 사람이 된 거지."

찬이 다시 물수제비를 떴다.

"이제 나는 필요가 없어진 것 같아."

찬이 고개를 돌리더니 냉소적인 미소를 지었다.

"정말 그렇게 생각하는 건 아니겠지?"

"꼭 아니라고도 할 수 없지."

"왜 그렇게 생각하는데?"

"내가 없을 때 가족들은 오히려 더 완벽해 보여. 형은 아빠를 닮았고 아빠의 만두가게를 더 확장해나갈 거고…… 나는 그냥 이물질 같아."

"성찬! 너답지 않게 왜 그래!"

"나다운 게 대체 뭔데?"

"너 안 본 사이에 많이 엇나갔구나."

"내 말 중에 틀린 게 뭐지?"

찬은 달아를 노려보았다.

"틀려도 많이 틀렸지. 너 지금 네가 그렇게 존경하던 부모님을 모욕하고 있는 건 알고 있니? 너는 네 부모님이 겨우 그 정도의 인격자들이라고 생각해왔던 거야? 그동안은 네가 필요해서 너를 키웠다고 생각해?"

찬의 마음속에서 무언가가 쿵 하고 내려앉았다. 찬은 아무 대꾸도 할 수 없었다.

엄마와 아빠는 나를 왜 키웠을까?

찬은 영원히 해답을 찾을 수 없는 문제를 만난 것만 같은 아득한 기분이 들었다. 어떤 수학 공식으로도, 어떤 과학 이론으로도 접근할 수 없는 어려운 문제였다.

두 사람 사이에 긴 침묵이 흘렀다.

이번에는 달아가 일어나 호수에 돌을 던졌다. 하지만 매번 물수제비를 만드는 데는 실패했다. 찬은 뒤에서 묵묵히 그 모습을 지켜보았다.

한참 동안 물수제비 뜨는 데 열중하던 달아가 찬을 향해 돌아섰다.

"네가 이러는 이유를 모르겠어. 아빠와 형 사이가 변한 거지, 너와 아빠 사이가 변한 건 아니잖아."

달아는 다시 호수를 향해 돌멩이를 던졌다. 퐁당 퐁당 퐁당, 이번에는 제대로 물수제비가 만들어졌다.

찬은 달아의 말을 반박할 수 없었다. 그래서 더 언짢았다. 결국 자신의 편은 아무도 없었다. 자신을 이해하지도 못하는 달아에게 괜히 속을 내비쳤다는 후회가 밀려왔다.

29. 찬

이번 여행을 계획한 것은 아빠였다.

"속도와 급류를 즐기려면 카약을 타야지. 카누는 물 위에서 천천히 자연을 느끼는 거야. 노를 천천히 저으면 사람이 걷는 속도와 비슷해서 생각에 빠지거나 진정한 쉼을 얻기에 제격이지."

처음엔 3년 만의 가족여행에 형은 함께하지 않으려 했다.

"오픈한 지 얼마 되지도 않았는데 가게를 비워둘 수는 없잖아요. 게다가 인터넷 주문도 밀려서 안 돼요."

형은 별일 아니라는 듯 무심하게 말했지만, 엄마 아빠는 물론이고 찬도 어리둥절하여 한참 동안 형을 바라만 보고 있었다.

"성훈! 너 너무 급격하게 변하는 거 아니냐? 너무 그러니까 적응이 안 된다. 내가 매일 아침저녁으로 네 얼굴 보며 확인하는 거 모르지? 내 아들이 맞나 안 맞나……"

엄마가 경쾌하게 웃으며 말했다.

"엄마도 참, 과장하기는. 내가 뭘 얼마나 변했다고…… 누가 들으면 개과천선이라도 한 줄 알겠네."

"그럼 아닌가요?"

엄마가 형을 놀렸다.

형도 머리를 긁적이며 따라 웃었다.

"네 생각은 기특하다만, 일하는 것만큼 쉬는 것도 중요하단다. 열심히 일했으니 보상을 받아야지."

형의 어깨를 두드리는 아빠의 표정에서 찬은 지금껏 한 번도 보지 못한 기쁨을 읽었다.

형은 뭐가 그렇게 쉬운 걸까?

내가 그랬어도 그렇게 쉽게 용서받을 수 있었을까?

그런 생각이 또다시 찬을 괴롭혔다.

찬은 모처럼의 가족여행이 즐겁지 않았다. 먼 길을 달려오는 차 안에서도 내내 말이 없었다. 엄마가 게임을 하자거나 셀카를 찍자며 분위기를 띄울 때도 눈을 감은 채 자는 척했다.

성수기가 지나서인지 선착장도 강물 위도 한산했다. 카누 몇 척이 뜨문뜨문 떠 있는 강 위로 고요하고 느린 시간이 하염없이 흘러갔다.

인디언들의 수렵과 이동용 배에서 그 모양을 따왔다는 카누는 날렵한 물고기를 닮았다. 물고기가 헤엄치듯 강물 위로 대여섯 척의 카누가 미끄러져 내려갔다. 그 주위로 크고 작은 동심원이 그려졌다.

간단한 기초 교육을 마치고 안전 요원의 지시에 따라 가족 모두 구명조끼를 입은 다음 카누에 오를 채비를 했다. 분실을 대비해 패들도 하나씩 더 챙겼다. 아빠와 엄마가 먼저 2인용 카누에 올랐다. 엄마가 앞쪽에 앉고 뒤이어 아빠가 카누를 강 쪽으로 밀면서 올라 탔다.

두 사람을 태운 카누는 몇 번 뒤뚱거리는가 싶더니 어느새 물길을 따라 흘러갔다. 아빠는 이전에도 카누를 탄 적이 있다고 했다. 그래서인지 아빠가 몰고 가는 카누는 안전하고 믿음직스러워 보였다. 카누가 멀어져가면서 아빠와 엄마의 환호성이 아득하게 들려 왔다.

뒤이어 찬과 형도 각각 1인용 카누에 올라탔다. 출발은 찬이 먼저였다. 처음에는 무게중심 잡기가 쉽지 않았다. 좌우로 몹시 흔들리는 바람에 배가 뒤집힐 것 같아 가슴이 조마조마했다. 행동 하나하나가 조심스러워졌다. 그러는 사이 형이 탄 카누가 스르르 미끄러지듯 찬을 지나쳐 갔다. 형이 앞질러 가자 마음이 조급해졌지만 이내 포기했다. 어차피 몸을 써서 하는 일은 형을 따라갈 수 없을 것이다.

얼마 뒤 무게중심은 잡혔으나 카누가 일직선으로 나아가지 않고 뱅뱅 돌아갔다. 패들을 똑바로 저어도 똑바로 나아가지 않았다. 진땀이 나고 당황스러웠다. 조금씩 패들 다루는 것이 손에 익어가자, 카누가 지그재그로 움직이면서 서서히 앞으로 나아가기 시작했다. 찬은 안도의 한숨을 몰아쉬었다.

카누가 제법 안정적으로 나아가자 주위 풍경이 눈에 들어왔다. 초록빛 강물 위로 단풍이 든 작은 섬들의 그림자가 노을처럼 번졌다. 햇살이 강물에 부서져 반짝거렸다. 패들 젓는 소리와 끼룩끼룩 물새 우는 소리가 어우러져 신비롭게 들렸다.

찬은 쉼 없이 패들 젓던 손을 멈추고 고개를 뒤로 젖혔다. 태양이 강렬한 빛을 쏟아부었다. 찬은 두 눈을 감고 그 빛을 그대로 받아들였다. 찬을 둘러싼 우주가 고독에 빠진 것 같았다.

'너 안 본 사이에 많이 엇나갔구나.'

달아의 목소리가 이명처럼 귓가에 맴돌았다.

'너 지금 네가 그렇게 존경하던 부모님을 모욕하고 있는 건 알고 있니?'

"그래서 나보고 뭘 어쩌라고!"

찬은 패들을 들어 거칠게 강물을 내리쳤다. 첨벙 소리가 나며 크고 작은 물방울들이 마구 튀어 올랐다. 머리카락이 젖고, 얼굴이 젖고, 티셔츠와 바지가 젖었다. 카누가 뒤뚱거리며 흔들렸다.

주위를 둘러보았다. 20미터쯤 떨어진 지점에 안전 요원이 타고 있는 보트가 보였다. 저 멀리 형이 탄 카누가, 그보다 더 멀리 아빠와 엄마가 탄 카누가 어렴풋이 보였다.

'너는 네 부모님이 겨우 그 정도의 인격자들이라고 생각해왔던 거야? 그동안은 네가 필요해서 너를 키웠다고 생각해?'

약 올리듯 달아의 목소리가 다시 귓가에 울렸다.

얄미운 계집애. 왜 다시 나타나서는 또 나를 괴롭히는 거지? 그걸 위로라고 하는 거야? 너는 친할머니를 만났다 이거지? 그래서 여유가 생겼다 이거지? 그런 네가 뭘 알아. 뭘 안다고 까부냐고!

찬은 형의 할머니를 떠올렸다. 늘 찬을 경계의 눈초리로 바라보며 가족들로부터 밀어내려 하던 형의 할머니. 형이 집을 나가자 세상이 무너진 것처럼 몸져누웠던 형의 할머니. 형이 돌아왔다는 소식에 한걸음에 달려와 형을 부둥켜안고 한참을 눈물 흘리던 형의 할머니.

달아에게도 그런 할머니가 생긴 거다. 피를 나눈 진짜 할머니가. 이제 달아는 찬을 이해할 수 없을 것이다. 찬은 외롭고 서러웠다. 찬은 눈을 질끈 감았다.

얼마나 시간이 지났을까? 산등성이에서 휘익 강한 바람이 불어왔다. 물살의 방향이 바뀌었다. 엎친 데 덮친 격으로 동력 보트가 거센 물살을 일으키며 찬의 옆을 빠르게 지나갔다. 카누가 균형을 잃고 흔들렸다.

찬은 온 힘을 다해 카누의 뱃머리를 물결과 같은 방향으로 돌렸다. 그렇게 카누 옆면으로 물결치는 상황을 막아야 뒤집히지 않는다던 말이 기억났기 때문이다. 간신히 카누가 뒤집히는 것은 막았지만, 물살 때문에 방향이 틀어졌다.

찬은 거대한 강 한복판에 홀로 남았다. 두려움이 엄습했다. 등으로 식은땀이 흘러내렸다. 찬이 탄 목제 카누가 종이배처럼 무력하게 흔들렸다.

찬은 슬그머니 노를 젓던 팔에서 힘을 뺐다. 바람에 카누를, 자기 자신을 맡겨버렸다. 신기하게도 비틀거리던 카누는 다시 무게중심을 잡고 물결을 따라 흘러갔다. 바람이 땀에 젖은 머리카락 사이로 파고들었다.

긴장을 내려놓자 맥이 풀렸다. 이상한 기분이 들었다. 처음 느껴보는 기분이라, 뭐라고 설명해야 할지 알 수 없었다. 단단히 쥐고 있던 무언가를 놓아버리고 홀가분해진 기분. 찬의 마음도 이처럼 홀가분해질 수 있을까? 그럼 찬은 무엇을 놓아버려야 하는 것일까?

"혼자 거기서 뭐 하냐? 설마 방향을 잃어버린 거냐?"

갑작스럽게 형의 목소리가 들려왔다.

깜짝 놀라서 주위를 둘러보니, 어느새 형은 2미터쯤 떨어진 지점까지 다가와 있었다.

"나를 쫓아오기라도 한 거야?"

찬이 퉁명스럽게 말했다.

"하도 안 보이기에 물에 빠졌나 했지."

형이 껄껄 웃으며 말했다.

"살아 있어서 실망했겠군."

이제 찬은 형의 기분 따위 신경 쓰지 않았다. 더군다나 여긴 형이 유리한 위치를 점하고 있는 집도 아니었다.

"무슨 말을 그렇게 살벌하게 하냐?"

형의 얼굴에서 웃음기가 사라졌다.

찬은 형의 말에 대꾸하지 않은 채 있는 힘껏 패들을 저었다. 되도록 멀리 달아나고 싶었다. 하지만 형은 어느새 더 가까이 다가오고 있었다. 덩치도 크고 힘도 센 형을 따돌리기는 쉽지 않았다.

"넌 내가 돌아온 게 그렇게 맘에 안 드냐? 내가 영영 사라져주길 바란 거야?"

형이 고래고래 소리를 질렀다.

그곳엔 형과 찬, 두 사람뿐이었다.

"도대체 뭘 그렇게 두려워하는 거지? 너를 버리기라도 할까 봐 그러는 거야?"

형의 말에 얼굴이 터질 것처럼 벌겋게 달아올랐다. 찬은 입을 꾹 다문 채 쉬지 않고 패들을 저었다. 하지만 형은 계속해서 거리를 좁혀왔다.

"지겹지 않아, 눈치 보는 거? 넌 왜 네가 없어? 그런 비굴한 짓은 이제 그만해."

그 말을 듣는 순간 찬은 패들을 젓던 손을 멈췄다. 할 수만 있다면 형을 한 대 후려갈기고 싶었다.

"내가 누굴 위해서 그랬는데? 그렇게 산 게 날 위해서였던 거 같아?"

찬은 어느새 옆으로 다가온 형을 노려보았다.

"그럼, 그게 가족을 위해서 그랬다는 거야?"

형이 물었다, 정말 이유를 모른다는 듯이.

찬이 누군가를 사랑한다는 것은 그 사람이 원하는 사람이 되는 것이었다. 그리고 찬은 최선을 다해서 그렇게 살아왔다. 가족들을 위해서 찬은 자신을 죽여왔다. 찬의 생각과 감정을 눌러서라도 가족의 행복과 평화를 지키고 싶었다.

그렇게 지켜온 평화를 깬 것은 언제나 형이었다. 그런데 그런 형이 사라지자 행복도 사라졌다. 제 맘대로 사라졌던 형은 제 맘대로 돌아왔다. 그리고 아무 일도 없었다는 듯 행복과 평화도 돌아왔다.

단지 그 안에 찬만 존재하지 않았다. 찬의 자리만 없었다. 찬이 할 수 있는 일은 아무것도 없었다. 아무것도 하지 않아도 되었기 때문이다.

그런데 나한테 비굴하다고?

찬은 화가 치밀어 씩씩거리며 형을 뚫을 듯이 노려보았다.

"누가 너보고 그러라고 했어? 누가 그러라고 했냐고! 너 스스로 그런 거잖아. 믿지 못해서. 넌 우리를 한 번도 가족으로 받아들인 적이 없어!"

"뭐라고? 1년 동안 가출했다 돌아온 주제에…… 형이 뭘 알아? 형이 뭘 아냐고! 적어도 난 그런 짓은 하지 않아!"

찬도 고래고래 소리를 질렀다.

한동안 형은 말이 없었다. 형도 찬도 서로를 노려보고 있었다.

"너는 절대로 그럴 수 없겠지. 부모님의 사랑을 조건부라고 생각할 테니까. 착하고 잘나야만 사랑받을 수 있다고 생각할 테니까. 넌 부모님을 믿지 않으니까."

"그럼 형이 잘했다는 거야?"

"그래도 나는 부모님을 믿었어. 어떤 순간에도 나를 버리지 않을 거라는 걸 믿었다고. 그래서 돌아올 수 있었던 거야. 그게 너와 나의 차이야."

형은 이제 소리 지르지 않았다. 형은 차분했고 확신에 차 있었다.

반면 찬은 한 대 얻어맞은 것처럼 충격을 받았다. 찬은 더 이상 패들을 젓지도 못한 채, 형의 카누가 지나쳐 가는 것을 멀뚱히 보고만 있었다.

가을 하늘이 눈이 시릴 만큼 파랬다. 저 멀리 산등성이가 우람하게 보였다. 강물 위에 카누 몇 대가 종착점을 향해 부지런히 노를 젓고 있었다.

찬은 같은 자리를 맴돌았다. 강물에 둥둥 떠 있는 동안 생각이 점점 또렷해졌다.

형의 말이 맞았다. 찬은 사랑이 무조건적으로 주어질 수 있다는 것을 믿지 않았다. 무조건적인 사랑이 있다고 해도 그건 찬 같은 입양아가 바랄 수 있는 일은 아니라고 생각했다. 아주 오래전부터 찬의 무의식 속에는 그런 생각이 자리 잡고 있었다.

그래서 찬은 계속해 자신의 가치를 입증해 보여야만 했다. 찬은 끊임없이 노력하고도 불안했다.

온몸에서 힘이 다 빠져나갔다. 수수께끼가 풀리면서 지금껏 찬을 단단하게 조여오던 무언가가 조금씩 풀려나가는 것 같았다.

찬은 다시 천천히 패들을 젓기 시작했다. 마침내 종착지가 보였다. 그곳에 엄마와 아빠가 찬을 향해 손을 흔들고 있었다. 그 옆에 비스듬히 서 있는 형의 모습도 보였다.

형은 부모님을 믿었고, 나는 부모님을 믿지 못했다. 형과 나에 대한 부모님의 마음이 다르다고 생각했는데…… 부모님에 대한 형과 나의 마음도 달랐던 걸까.

찬은 자신을 막고 있던 단단한 벽이 서서히 부서져 내리는 것을 느꼈다. 조금은 가볍고 홀가분해진 것 같았다.

'아빠와 형 사이가 변한 거지, 너와 아빠 사이가 변한 건 아니잖아.'

달아가 한 말도 이해할 수 있을 것 같았다.

찬은 힘주어 패들을 저었다. 그리고 자신을 기다리고 있는 가족들을 향해 부지런히 나아갔다.

찬은 뜬금없이 유년이 지나가고 있다는 생각이 들었다. 형이 그랬던 것처럼, 찬도 부쩍 커버리고 싶었다.

30. 달아

　마침내 엄마에게서 연락이 왔다. 엄마가 찾아올 거라는 말을 들었을 때 달아는 두 가지 감정을 동시에 느꼈다.

　엄마가 자신과 유지를 버리지 않았다는 안도감.

　다시 이전의 삶으로 돌아가게 될 거라는 막막함.

　달아는 엄마를 잊은 적이 없지만, 할머니와 사는 동안 익숙해진 안정감과 크고 작은 재미들을 잃고 싶지 않았다. 게다가 그사이 할머니와 정이 들고 말았다.

　"유지야, 엄마가 우리를 데리러 올 거야."

　"우와! 정말이야?"

　"좋아?"

　"응, 최고야. 그런데 할머니는?"

　달아는 대답 대신 할머니를 바라보았다. 할머니는 아무 일도 없는 사람처럼 무심하게 책을 읽고 있었다.

우리가 떠나는 게 할머니한테는 아무 일도 아닌 걸까? 나와 유지를 키우고 돌보느라 고달팠을 할머니는 어쩌면 이 순간만을 기다려왔는지도 모른다. 달아는 내심 서운한 기분이 들었다.

"누나, 할머니도 같이 살면 안 돼? 엄마랑 다 같이."

"그건 우리가 정할 수 있는 문제가 아니야."

달아가 유지의 머리를 쓰다듬으며 말했다.

그날 밤 잠이 들 때까지 유지는 계속해서 할머니도 같이 살고 싶다고 졸랐다. 그 말에 감동한 할머니는 과감히 규칙을 깨고 밤에 유지에게 아이스크림을 먹게 해주었다.

"오늘 밤 먹은 아이스크림처럼 할머니를 달콤한 사람으로 기억하라고 주문을 거는 거란다."

달아는 들고 왔던 커다란 여행 가방 두 개에 차곡차곡 짐을 챙겼다. 할머니네 집에 올 때 입었던 옷들은 낡아서 버렸거나, 이미 작아져서 분리수거함에 넣은 지 오래였다. 할머니가 새로 사 준 물건들이 하나씩 하나씩 여행 가방으로 들어갔다.

달아는 할머니와 헤어질 생각을 하니 몹시 서운했다. 잠자리에 눕자 할머니와 지냈던 날들이 하나둘 떠올랐다.

할머니가 차려준 밥을 먹고 등교하던 아침.

두 손 가득 교재를 사 들고 학원에 등록했던 어느 오후.

멋지게 차려입고 이야기 속 주인공들이 되어 식사하던 해 질 녘의 식당.

닭발을 뜯으며 할머니와 아빠의 지난 이야기를 듣던 어느 깊은 밤.

회상을 하는 달아의 입가에는 미소가, 눈가에는 눈물이 맺혔다.

세렌디피타스!

할머니를 만난 것은 뜻밖의 행운이었다.

한동안 코를 훌쩍이며 찔끔찔끔 눈물을 흘리다가 달아는 간신히 잠이 들었다.

다음 날 엄마는 달아의 학교 교문 앞에 서 있었다.

"달아야!"

달아를 부르는 엄마의 목소리에서 이전에는 겪어보지 못한 힘이 느껴졌다. 엄마의 모습도 훨씬 밝고 건강해 보였다.

"엄마? 치료가 끝난 거야?"

달아가 눈을 동그랗게 뜨고 물었다.

엄마가 얼굴을 붉히며 고개를 끄덕였다.

"그럼 이제 우리 가족이 다 같이 살 수 있어?"

"그 문제에 대해 할 말이 있는데…… 일단 어디 좀 들어가자."

엄마는 달아를 데리고 분식집으로 들어갔다. 떡볶이와 순대, 어묵까지 시켜놓고도 엄마는 좀처럼 입을 열지 않았다.

"식기 전에 어서 먹어."

"엄마도 먹어."

떡볶이를 입에 넣으며 달아는 엄마를 유심히 관찰했다. 엄마는

좀 긴장한 듯했다. 입을 달싹거리며 무언가 말을 하려다가 물을
마시고, 물끄러미 달아를 바라보다가도 눈이 마주치면 시선을 돌
렸다.

"할머니랑 사는 건 어땠어?"

"나쁘지 않았어."

그렇게 대답하면서, 사실은 꽤 괜찮았다고 생각했다.

"유지도 잘 지냈어?"

"응, 잘 지내던데."

"할머니가 유지한테도 잘해주셨어?"

달아는 고개를 끄덕이며, 사실은 할머니가 엄마보다 유지를 더
잘 돌봐주었다고 생각했다.

"그랬구나."

엄마가 한숨을 쉬면서 말했다. 엄마의 빈자리가 티 나지 않아서
다행이라고 생각하는 건지, 서운하다고 생각하는 건지 달아는 알
수 없었다.

엄마가 다시 입을 달싹거리며 무언가 말을 하려다가 물을 마
셨다.

"무슨 말인데? 괜찮으니까 얼른 해봐."

보다 못한 달아가 재촉했다.

"그게 말이야……"

엄마는 우물쭈물하면서 계속해 달아의 눈치만 살폈다.

도대체 이토록 꺼내기 힘든 말이 무엇일까, 생각하다가 달아는

덜컥 겁이 났다. 그래서 이번에는 달아가 시간을 끌고 싶어졌다.

"엄마, 유지 유치원 끝날 시간 다 됐어. 오늘은 내가 데리러 간다고 했으니까 서둘러야 해."

달아는 휴대폰으로 시간을 확인하며 벌떡 일어섰다. 엄마도 덩달아 일어나 달아를 따라나섰다.

유치원 앞에서 엄마가 달아의 팔을 붙잡았다.

"달아야."

엄마가 결심이 선 표정으로 달아를 바라보았다.

제발, 엄마. 말하지 마. 달아는 고개를 푹 숙였다.

"엄마에게 시간을 조금만 더 줘. 꼭 돌아올 거야."

엄마는 기어코 말하고 말았다.

"도대체 얼마나 시간을 더 줘야 하는데?"

달아가 따지듯 물었다.

땅거미가 내려앉은 교회에서 홀로 기도하던 자신의 모습이 떠올랐다. 하나님은 도대체 언제 기도를 들어주시는 건가? 달아는 화가 났다. 하나님에게도 엄마에게도, 그리고 매번 속으면서도 기대를 걸어보는 바보 같은 자신에게도.

"유지는, 유지는 어떻게 할 건데? 뭐라고 말할 건데? 유지가 불쌍하지도 않아?"

"유지는…… 유지한테는 네가 있잖아."

참, 엄마는 뻔뻔하기도 하지. 달아는 다시 화가 치밀어 올랐다.

"달아야, 미안해. 엄마가 너무 한심하다."

엄마가 흐느껴 울었다. 엄마의 우는 모습을 보니 마음이 약해졌다. 달아는 엄마에게 화를 내는 대신 애꿎은 돌멩이를 있는 힘껏 차버렸다. 그러곤 엄마와 나란히 서서 허공을 멍하니 바라보았다.

"할머니한테는 뭐라고 할 건데?"

"할머니한테는 먼저 말씀드렸지."

"그럼 할머니도 안단 말이야?"

"할머니는 너희에게 물어보라고 하시더라. 너희가 결정하는 대로 따르겠다고."

달아는 좀 안심이 되었다. 누군가는 달아와 유지를 책임질 것이다. 세상으로부터 자신들을 보호해줄 어른이 있는 것이다. 그러니까 눈보라도, 비바람도, 맹렬한 태양도 피할 지붕이 있는 것이다. 그러자 두려움이 사라지면서 마음이 한층 넓어졌다.

"그럼 유지한테 허락받아. 유지가 허락하면 나도 허락해줄 테니깐."

달아는 선심 쓰듯 말했다.

하지만 유지는 허락하지 않았다. 엄마를 보고 좋아서는 깡충깡충 뛰고, 저녁 시간 내내 껌딱지처럼 엄마 옆에 딱 달라붙어 있던 유지는 엄마와 다시 헤어질 생각에 울고불고 난리를 쳤다.

"유지야, 할머니 말씀 잘 듣고 누나랑 잘 지내고 있으면 엄마가 선물 사 가지고 또 올게."

엄마가 유지에게 장난감 로봇을 안기며 말했다.

"유지야, 엄마가 이제 자주 온다고 했어."

달아가 유지의 손을 꼭 잡았다.

"또 올 거지?"

유지가 장난감을 뚫어지게 보며 물었다.

"응. 다음 달에 또 올 거야."

엄마가 유지에게 새끼손가락을 걸었다.

달아는 엄마가 약속을 지킬 것 같은 믿음이 들었다.

집에 돌아오자 할머니는 아무 말도 하지 않고 차례로 안아주었다. 유지는 할머니를 보고 서러운 울음을 다시 터뜨렸다. 하지만 이전처럼 긴 울음은 아니었다.

달아는 여행 가방을 풀었다. 그 안에 차곡차곡 담아두었던 물건들을 하나도 빠짐없이 꺼내 본래 있던 자리에 놓아두었다. 짐을 쌀 때는 울면서 쌌는데, 짐을 푸는 동안엔 이상하게 눈물이 나지 않았다.

잠자리에 누워 잠시 엄마 생각을 했다. 달아는 엄마가 죽지도 않고, 아프지도 않고, 누워 있지도 않고, 술을 마시지도 않기를 기도했던 일이 생각났다. 엄마는 정말로 죽지도 않고, 아프지도 않고, 누워 있지도 않고, 술을 마시지도 않았다.

이전에 교회 목사님은 성도는 늘 '감사의 기도'를 해야 한다고 말했다. 하지만 달아는 감사할 일이 전혀 생각나지 않았다. 감사의 기도를 하고 싶어도 할 수 없었다. 하나님도 거짓말로 기도하는 것은 원치 않을 것 같았다.

달아는 그날 밤 처음으로 '감사의 기도'를 했다. 지금껏 누구의 돌봄도 받지 못했던 엄마가 스스로를 돌볼 수 있는 시간을 갖게 된 것에 대해서.

31. 찬

    찬은 달아의 초대를 받았다. 중학생이 된 이후 친구 집에 초대받은 적은 한 번도 없어서 좀 긴장이 되었다. 더구나 달아는 찬에게 할머니를 소개해주겠다고 했다. 찬은 형의 할머니를 떠올리기만 해도 심장이 몹시 뛰었다. 그런데도 달아는 막무가내였다.

    가족여행을 다녀온 후 찬은 달아에게 형과의 일을 말해주었다.

    "너는 아무 조건 없이 베푸는 사랑이 가능하다고 생각해?"

    "무조건적인 사랑? 한 번도 생각해본 적이 없는데……"

    달아는 고개를 갸우뚱했다.

    "만약 그런 게 있다고 해도…… 그게 나에게도 가능할까?"

    찬이 다시 물었다.

    "너는 정말 부모님이 형과 너를 다르게 여긴다고 생각하는 거야?"

"똑같이 대해주려고 노력하시는 건 알아. 하지만 노력하는 것과 저절로 그렇게 되는 것은 다른 게 아닐까?"

찬이 애꿏은 땅바닥을 발끝으로 툭툭 차며 중얼거렸다.

"무슨 얘기가 하고 싶은 건데?"

달아가 찬을 돌려세워 눈을 맞췄다.

"만약 내가 형처럼 사고를 치고 1년 동안 가출했다가 돌아온다면…… 부모님은 나를 받아주실까? 형처럼 아무 일도 없었다는 듯이…… 마냥 기뻐해주실까?"

"야! 그럼 너 몰래 이사라도 갈까 봐 그러냐?"

달아가 소리를 꽥 질렀다.

"뭐, 그렇다는 건 아니지만……"

"그리고 너만 모르는 것 같아서 하는 말인데, 너 이미 예전에 착하기만 하던 모범생 성찬이 아니야. 엄청 까칠해. 너희 부모님도 이미 느끼셨을걸?"

달아의 말을 듣고 찬은 적잖이 놀랐다. 그 순간 달아의 말을 인정하지 않을 수 없었기 때문이다. 엄마가 찬에게 사춘기라고 했던 말이며 형에게 퉁명스럽게 대했던 일, 가족 행사에 일부러 빠졌던 일이 주마등처럼 스쳐 지나갔다.

"너희 부모님이 너를 갓난아기 때부터 키웠다며. 낳은 정만 정은 아니라잖아."

달아가 이번엔 타이르듯 부드럽게 말했다.

"사실은 나도 알고 있는 것 같아. 그런데 자꾸 확인이 하고 싶나

봐."

찬이 멋쩍게 웃었다.

"네 맘이 그렇다면, 확인할 방법이 없는 것도 아니지."

달아가 자신만만한 목소리로 말하더니, 찬을 집으로 초대한 것이다.

찬은 달아의 할머니에게 드릴 선물을 준비하고 싶었다. 무슨 선물이 좋을까 고민하다가 형이 새로 개발했다는 만두가 생각났다. 남녀노소에게 두루 인기 있다고 형의 자화자찬이 대단했다.

이사 와서 새로 시작한 매장에 들러보긴 개업식 이후로 처음이었다.

"네가 웬일이냐? 해가 서쪽에서 떴냐?"

형이 실실 웃으며 찬을 놀렸다.

"만두 좀 싸줘."

찬이 퉁명스럽게 말했다. 더 이상 형에게 화가 나 있진 않았지만, 어쩐지 마음을 푸는 게 쑥스러웠다. 형도 그 마음을 아는지, 찬의 투정을 가볍게 넘겼다.

"여기서 먹지 않고? 따뜻할 때 먹어야 맛있는데……"

형이 아쉬워했다.

"친구 집에 초대받았어."

찬은 어쩔 수 없이 사실대로 말해버렸다.

"우와, 우리 막둥이 엄청 발전했네. 전학 온 지 두 달 만에 벌써 초대를 받은 거야? 친구 누구?"

카운터에 있던 엄마가 뛰어나왔다. 호기심으로 두 눈이 반짝반짝 빛이 났다. 엄마의 그런 모습을 보니 웃음이 새어 나왔다.

"엄마도 아는 애야."

"내가 아는 애? 누구?"

엄마가 머리를 갸웃했다.

"달아."

"달아? 동생이랑 같이 교회에 다니던 애? 참, 이 동네에 살고 있다고 했지? 어떻게 여기서 다시 만나니? 참 신기하다."

엄마가 신이 나서 떠들었다.

"동생이랑 할머니랑 셋이 산대."

"아버지, 만두 넉넉히 싸주세요. 종류별로요."

찬의 말을 듣고 형이 주방을 향해 소리쳤다.

"뭐든 분부만 하십시오!"

아빠가 얼굴만 내밀고 찬에게 윙크하며 호탕한 목소리로 말했다.

오래간만에 가족들이 모두 한 공간에 모였다. 아빠와 형이 잔뜩 싸준 만두를 두 손에 나눠 들었다. 문을 열고 나오던 찬은 아빠를, 엄마를 그리고 형을 돌아보았다. 항상 커 보였던 아빠의 키가 어쩐지 줄어든 것 같았다. 아빠의 머리카락이 희끗희끗 새어 있었다. 엄마의 입가에는 주름이 더 깊어져 있었다. 그래서인지 그 옆에 서 있는 형이 믿음직스러워 보였다.

나의 가족.

찬은 아무도 모르게 속삭였다.

엄마는 찬의 마음을 알기라도 하듯 고개를 끄덕여주었다.

"어서 와라. 네가 찬이구나."

달아의 할머니가 웃으며 찬을 맞아주었다.

"이거……"

찬이 수줍게 웃으며 만두 봉투를 내밀었다.

"이게 다 뭐냐?"

"저희 가게에서 파는 만두예요. 아빠하고 형이 만들었어요."

"마침 잘되었구나. 특별한 요리를 만들 생각이었는데, 잠깐 한눈판 사이에 다 태우고 말았지 뭐냐."

할머니가 반색하며 말했다.

식탁 가득 각양각색의 만두가 펼쳐졌다. 할머니와 달아와 유지의 눈이 휘둥그레졌다. 할머니는 아빠가 만든 정통 만두를, 달아와 유지는 형이 개발한 신메뉴를 좋아했다. 찬은 세 사람이 즐겁게 만두를 먹는 모습을 보며 몹시 뿌듯했다.

"할머니, 솔직히 말해보세요. 저하고 유지하고 똑같이 사랑하지 않으세요? 치사하게 누굴 더 사랑하고 그렇지 않지요?"

입안 가득 만두를 먹고 있던 달아가 갑자기 입을 열었다.

"정말 솔직한 대답이 듣고 싶으냐?"

"그럼요……"

달아는 조금 주춤했다. 할머니처럼 눈치 빠른 사람이 이런 순간에 핏줄에 대한 애정을 드러내진 않으리라 믿었는데…… 설마 할머니가 그 믿음을 배신하는 건 아니겠지?

"솔직히 말하자면…… 유지한테 눈이 더 가는 건 어쩔 수가 없구나. 그래서 내리사랑이라고 하나 보다."

할머니는 꿀이 뚝뚝 떨어지는 눈으로 유지를 바라보았다.

"정답은 '똑같이 사랑한다'였다고요."

달아는 몹시 당황한 얼굴로 중얼거렸다.

그 순간 찬이 웃음을 터뜨렸다. 아주 유쾌한 웃음이었다. 찬은 그제야 긴장이 풀리는 것 같았다.

식사가 끝난 후에 아이스크림을 먹으며 TV를 보았다. 미국에서 제작된 다큐멘터리였는데, 협소·주택을 짓는 프로그램이었다. 아주 작은 공간을 최대한 효율적으로 설계해 작은 집을 짓는 내용이었다. 빈틈없는 설계와 공학적인 원리를 이용해 집을 척척 짓는 것을 보고 누구보다 찬은 흥미를 느꼈다.

협소 주택은 적은 비용으로 빨리 지을 수 있다는 게 장점이었다. 덕분에 어려움에 처한 많은 사람이 도움받을 수 있었다.

그들 중에는 휴가를 간 사이 화재로 집이 몽땅 불타버린 가족도 있었다. 브라운관 속 까맣게 변해버린 화재 현장은 가히 충격적이었다. 그런데 그렇게 처참한 화재 현장에 뚝딱뚝딱 근사한 협소 주택이 세워지는 게 아닌가. 불타버린 자리에 새로 지어진 작은 집은 절망에 빠진 가족들에게 새로운 보금자리가 되었다.

그 장면을 보던 찬의 가슴이 뛰기 시작했다. 찬은 이제껏 경험하지 못한 이상한 열정에 사로잡혔다. 이후의 시간이 어떻게 흘러갔는지 기억나지 않았다. 잠자리에 들 때까지 불타버린 자리에 새로 올려진 작은 집 한 채가 머릿속을 떠나지 않았다.

찬은 교회 앞에 놓여 있던 베이비박스가 화재로 삶의 터전을 잃어버린 현장같이 느껴졌다. 그곳에 홀로 남겨진 찬에게 부모님은 작은 집을 지어준 것이다. 새로운 삶을 시작할 수 있도록.

그런 부모님의 마음을 뭐라고 설명할 수는 없었다. 왜 그랬냐고 물으면, 그저 빙그레 웃기만 할 것 같았다.

울컥, 무언가 찬의 내부에서 솟구쳤다. 그리고 가슴이 뜨거워졌다. 자신도 부모님처럼 곤궁에 처한 사람들에게 작은 집을 지어주는 사람이 되고 싶었다.

앞으로도 찬은 불안을 완전히 떨쳐버릴 수는 없을 것이다. 하지만 이제 세상을 향해 용기 있게 나아갈 수 있을 것 같았다. 컴퍼스의 중심축처럼 부모님은 언제나 그 자리에서 찬을 지켜봐줄 것이라는 걸 믿기 때문이다.

그날, 멋진 꿈 하나가 찬의 가슴에 새겨졌다.

32. 달아

"아이고, 깜짝이야!"

달아가 다가가자 할머니는 화들짝 놀라며 급히 노트북을 닫았다.

"뭐 하고 계세요?"

"뭐…… 아무것도……"

할머니가 얼버무렸지만, 달아는 추궁하는 시선을 거두지 않았다.

"실은, 소설을 다시 쓰기 시작했단다."

어쩔 수 없다는 듯 할머니가 한숨을 쉬며 말했다.

"우와! 정말이요?"

달아가 환호성을 질렀다.

"그렇게 좋으냐?"

"당연하죠. 이게 몇 년 만인 거예요? 제가 태어나기도 전에 쓴 소설이 마지막 소설이었던 거잖아요. 그런데 어떻게 갑자기 소설을 다시 쓰시게 된 거예요?"

"글쎄다, 나도 모르겠구나. 한 가지 분명한 것은, 너희와 같이 살면서 내가 변했다는 거다."

"그렇긴 하죠."

머리끝부터 발끝까지 할머니의 모습을 훑어보며 달아가 중얼거렸다.

"변해도 많이 변하셨죠."

"변한 건 겉모습만이 아니란다."

달아는 잠잠히 할머니의 다음 말을 기다렸다.

"더 이상 다른 사람의 평가에 휘둘리는 삶은 살고 싶지 않구나. 남을 의식하며 사는 삶은 인제 그만 살고 싶다."

할머니는 창밖으로 시선을 던졌다.

"사실은 오래전부터 그러고 싶었단다. 나의 삶을 살고 싶었지. 하지만 진짜 나 자신으로 돌아가는 길을 찾지 못했단다."

할머니의 눈가에 무언가가 반짝였다.

"그런데 너희와 지지고 볶는 동안, 내 삶에 붙어 있던 쓸데없는 불순물들이 하나씩 하나씩 떨어져 나갔더구나."

"불순물이요?"

달아가 고개를 갸웃했다.

"위선이나 체면, 상처받은 자존심 같은 거."

할머니가 고개를 돌리고는 씽긋 웃었다.

"그런 게 나를 옴짝달싹 못 하게 했지. 그게 벗겨져 나가고 나니 마음이 그렇게 가볍고 편할 수가 없구나. 그러고 나니 글이 쓰고 싶어졌지."

할머니의 얼굴은 정말 편안해 보였다.

"진짜 축하할 소식이 하나 더 있단다."

달아의 눈을 응시하는 할머니의 표정이 진지해 보였다.

"마침내 네 아빠에게 소식이 닿았단다."

"아빠요?"

달아는 너무 놀라서 목소리조차 크게 낼 수 없었다. 숨도 쉬어지지 않았다. 할머니의 말이 이어졌지만, 달아에게는 아무 소리도 들리지 않았다. 시간이 멈춘 것 같았다. 공기의 흐름도 멈춘 것 같았다. 깊은 물 속에 잠긴 것처럼 멍한 기분이었다.

달아는 몸속 가득 들어찬 물을 토해내듯 깊은 한숨을 뱉어냈다. 그러자 시간도 공기도 다시 움직이기 시작했다. 달아는 그제야 할머니의 말을 실감할 수 있었다.

아빠가 온다.

나를 만나기 위해서.

달아는 심장이 터질 것처럼 두근거렸다. 흥분한 나머지 할머니를 힘껏 끌어안았다. 당황한 할머니가 기침을 토해내는 바람에 그제야 할머니를 안고 있던 팔을 슬그머니 풀었다.

"나에게 뜻밖의 행운은 달아와 유지, 너희인 것 같구나."

심호흡을 하며 할머니가 말했다.

그날 밤 잠자리에 누운 달아는 그 어느 때보다 편안한 기분을 느꼈다. 침대는 더 푹신하고 이불은 더 포근한 것 같았다. 어릴 적부터 늘 마음 한편에 자리하고 있던 불안함은 어디론가 사라진 지 오래였다.

커튼 너머로 희미한 빛이 새어 들어왔다. 달아는 커튼을 걷고 창문을 열었다. 한낮의 열기가 사라지고 상쾌한 공기가 방 안 가득 밀려 들어왔다. 그리고 하늘 위에는 달이 떠 있었다.

"달아!"

달아가 나직하게 속삭였다.

"샬롬!"

샬롬은 '평화'를 뜻하는 인사말이었다. 교회에서 들은 모든 말 중에서 달아는 샬롬이 가장 좋았다. 마침내 달아는 진심을 담아 그 말을 할 수 있었다.

희고 예쁜 보름달이 달아를 보고 웃는 것만 같았다.

달아는 마침내 정착지에 도달한 것 같은 느낌이 들었다.

처음부터 이곳에 도달하기로 되어 있던 것처럼.

아동심리 상담가 조선미 교수가 "고생과 고통은 다르다"라고 한 말을 들은 적이 있다. 오랜 기간 학업을 하는 동안 고생은 했으나, 희망이 있기에 고통스럽지 않았다는 게 요지였다.

나는 이 소설을 쓰는 동안 힘들지 않았다. 머릿속에 그려지는 대로 적어나갔다. 이전에 소설을 쓸 때처럼 막히는 순간이 거의 없었다. 엄밀히 말하면 고생은 했다. 두세 시간 넘게 글을 쓰고 나면 진이 빠졌다. 하지만 고통스럽지 않았다. 행복한 시간이었다. 나는 이 소설이 내가 쓴 어느 소설보다도 좋은 소설이 될 것 같았다.

또 다른 행복의 이유는 비로소 나 자신에게 잘 맞는 옷을 입고 아무도 의식하지 않은 채 글을 쓴 것이다. 작가로서 나는 솔직했고, 편안했고, 자유로웠다.

나는 이 모든 것이 하나님의 은혜였음을 잘 알고 있다.

하나님은 가끔 내가 원하지 않는 방향으로 일을 진행시키신다. 그런데 시간이 지나고 나면 그 길이 가장 좋은 길이었다는 것을 알게 된다.

부족한 글을 예쁜 책으로 만들어주신 문학과지성사에 감사드린다.

앞으로 이 소설을 통해 만나게 될 독자들에게 감사드린다.

나를 위해 기도해주신 모든 분께 감사드린다.

소중한 가족들, 특히 영감을 불어넣어준 연서, 예서에게 깊은 사랑과 감사를 전한다.

2024년 끝자락에,
유니게